文春文庫

# 殺し屋、やってます。

石持浅海



文藝春秋

目次

## 《依頼の決まり》

・ご自分の身分証明書と、殺したい人の写真をお持ちください。
・殺したい人の情報（氏名・住所など）をお知らせください。
分からない場合は、こちらでお調べするオプション（別料金）があります。
・ご依頼を受けてから三日以内に、
お引き受けできるかどうかお知らせします。
・お引き受けした場合、原則として二週間以内に実行いたします。

# 殺し屋、やってます。

# 黒い水筒の女

浜田瑠璃子《はまだるりこ》は、夜中に出歩く習慣がある。

監視を始めてから三日。毎日だ。時間は必ずしも一定していないけれど、大体夜中の十一時から十二時にかけて。

今日も出てきた。腕時計で時刻を確認する。午後十一時十八分。保育園というのは拘束時間が長い職場のようで、アパートに帰ってくる時間帯も遅めだ。だから午後十一時過ぎに起きていること自体は、それほど不思議でもない。帰宅したときの服装そのままだから、入浴はまだだと思われる。それほど防音設備が整ったアパートには見えないから、今から風呂に入ると近所迷惑なのではないかと、余計な心配をしてしまう。

浜田瑠璃子は大きめの紙袋を持っていた。これも、いつもどおりだ。あまり明るくない街灯の下を歩く。人の気配は、ほとんどない。時折ウォーキング中らしいジャージ姿とすれ違うだけだ。浜田瑠璃子もジャージ姿も、お互いに相手が存在しないかのようにすれ違う。よくある風景だ。

児童公園が見えてきた。遊具といえばブランコと滑り台、そして鉄棒があるだけの小さな公園だ。他には砂場と手を洗う水場だけ。もちろん、人影はない。

浜田瑠璃子が公園に入った。水場に向かう。紙袋から、筒状のものを取りだした。遠目にはわかりにくいけれど、それが何かはもう知っている。水筒だ。色は黒。

水道から水を出す。黒い水筒の蓋《ふた》を開ける。そして水筒を傾けた。中身が流れ出し、水道の水と共に排水口に流れていった。その間、昼間はあれほど愛想のよい顔が、能面のように無表情なのが不気味だった。

まただ。

どうして浜田瑠璃子は、真夜中の公園で水筒の中身を捨てるのだろうか。

＊　＊　＊

「仕事が来たぞ」

事務所に入るなり、塚原俊介《つかはらしゅんすけ》がそう言った。

僕はマウスから手を放した。「どんな奴だ？」

塚原は応接セットのソファに座った。通勤鞄から手帳を取り出す。ルーズリーフ式で、必要なくなったら中の用紙を外して処分できる。ふせんの貼ってあるページを開いた。

「名前は浜田瑠璃子。保育士だ。稲城《いなぎ》市の保育園で働いている」

手帳のポケットから写真を抜き取った。受け取る。女児を抱っこしている、エプロン姿の女性が写っていた。

「そいつが浜田瑠璃子だ」

「大人の方かな？」

「おそらく」

戯《ざ》れ言《ごと》にきちんとつき合ってくれるのが、塚原のいいところだ。古くからのつき合いだけのことはある。

写真をしげしげと見つめる。写真からはわかりにくいけれど、三十歳前後だろうか。色白の顔がほっそりしている。眼鏡はかけていない。茶色の長い髪を、後ろで縛っているのが見て取れた。撮られ慣れているのか、いかにも楽しそうな表情だ。親が子供の写真を撮るときに写り込むから、自然とそんな表情を作るようになったのかもしれない。

僕は写真から顔を上げた。「他の情報は？」

「勤務先の名前だけ。稲城長沼《ながぬま》保育園だ」

JR南武線に、稲城長沼という駅がある。件《くだん》の保育園は、駅の近くにあるのかもしれない。

「わかった」

塚原が事務的な口調で訊《き》いてきた。「どうする？　引き受けるか？」

仕事の依頼が来たら、引き受けるかどうか、三日以内に返事をしなければならない取り決めになっている。僕は写真を指で弾いた。

「まず稲城長沼保育園とやらに、浜田瑠璃子という保育士が実在して、それが写真の人物かどうかを確認する。依頼内容に間違いがなければ、受けるつもりだ」

いつもどおりの質問に、いつもどおりの返答。それでも仕事とあれば、毎回口に出して確認しなければならない。

「オーケー」塚原は立ち上がった。「とりあえず、明後日にまた来るよ。六時以降には、ここにいてくれ」

壁のカレンダーを見る。今日は月曜日だ。明後日は水曜日。間はずっと平日だから、保育園もやっているだろう。確認することは十分に可能だ。

「了解した」

「じゃあ、明後日に」

塚原は事務所を出て行った。僕は、あらためて写真を見つめる。浜田瑠璃子は美人とはいいがたいかもしれないけれど、笑顔には魅力があった。さぞかし園児には好かれているだろうと想像できる。しかし、引き受けることになったら、その笑顔も、あと二週間だ。

なぜなら、僕が殺すから。

まさか自分が殺し屋になるなんて、思ってもみなかった。

非行少年のなれの果てではない。親に捨てられ、行き場をなくして犯罪組織に拾われたわけでもない。ましてや警察官や自衛隊員崩れでもない。普通の家庭に生まれて、普通に大学まで出て、普通に社会人生活を始めたのだ。それなのに、なぜこうなったのか。いや、社会人生活ならば、今でもきちんとやっている。個人営業ながら、経営コンサルティング会社を経営しているのだ。だから、殺し屋は副業ということになる。もっとも収入からいえば、殺し屋が本業で、経営コンサルタントの方が副業ということになるけれど。

実のところ、理由などどうでもいい。現在の僕は殺し屋をやっているわけだし、それで生活できている。だから塚原から依頼について聞かされてからも、通常のやり方で動いた。次の日には、稲城長沼保育園が実在し、現地で浜田瑠璃子という写真どおりの保育士がいることを突き止めた。

「引き受けるよ」

水曜日。事務所で、僕は塚原にそう告げた。塚原は素っ気なくうなずく。

「わかった。『伊勢殿《いせどの》』には、そう答えておこう」

そして僕の目を見据えた。

「引き受けてしまったら、後には引けないぞ」

僕は片手を振った。「わかってるって」

標的の殺害を引き受けると、まず前金として三百万円が振り込まれる。入金を確認してから、原則として二週間以内に実行しなければならない。完了すれば、残金の三百五十万円が再び振り込まれる。正式に引き受けた後に実行しなかった場合、前金の三百万円を返却するだけではない。こちらから依頼人に対して、違約金として三百五十万円を支払わなければならないことになっている。塚原が念を押したのは、きちんと殺さなければ、三百五十万円の持ち出しになってしまうぞという意味だ。

前金と残金を合わせて六百五十万円という金額設定には、理由がある。東証一部上場企業の社員の平均年収が、大体それくらいなのだ。日本を代表する企業の社員が一年間懸命に働いてようやく得られる金額を支払ってまで、相手を亡き者にしたいのか。依頼人に、その覚悟を問うているわけだ。

ひょっとしたら依頼人は大富豪で、六百五十万円なんて子供の小遣い程度という金銭感覚なのかもしれない。しかし僕はそれを確かめることはできない。なぜなら僕は、依頼人が誰だか知らないからだ。

そして依頼人も、自分が殺人を誰に依頼したのか知らない。依頼人は僕でも塚原でもなく、まったく別の人物に依頼をかけているのだ。塚原が「伊勢殿」と呼ぶその人物には、僕も会ったことがない。伊勢殿も、僕が誰だか知らない。二人の間には塚原が介在しているからだ。だから塚原は僕と、伊勢殿は依頼人と会うときに、それぞれの情報を匂わせることすらできない。

間に一人ではなく二人置くことによって、依頼人と殺し屋は、お互いの情報を知り得ないようになっている。おかげで裏切りの心配なく、この商売ができるわけだ。科学実験の二重盲検法に似ているこのシステムは、塚原の発案による。殺人という法に触れる事業に関わっている以上、伊勢殿は塚原から全幅の信頼をおかれている人物なのだろう。僕が塚原に全幅の信頼をおいているように。

僕は席を立って隅にある冷蔵庫に向かった。中から缶ビールを二本取り出す。脇の戸棚には、ビーフジャーキーの袋が常備されている。僕はビールとビーフジャーキーを持ってソファに戻った。ひと缶を信頼できる連絡係に手渡す。二人同時に開栓した。

「では」

「おう」

缶を軽く触れ合わせ、中の液体を飲んだ。新しい仕事が始まったときの儀式だ。ビーフジャーキーの袋を開ける。味の濃い肉を噛みながら、話を再開した。

「今回、オプションの話は聞かなかったな」

塚原がうなずく。「ああ。特に注文はなかった」

殺害依頼には、色々な条件がつくことがある。よくあるのが「一週間以内に殺してくれ」というふうに、期限を切ってくるものだ。伊勢殿は、前金が振り込まれたら、原則として二週間以内に実行されることを説明しているはずだ。しかしその一週間が待てないという状況は存在するらしい。前金を現金で持ってきて、急いでくれという場合があるのだ。その場合は「特急料金」という名目で料金が上乗せされる。条件の内容によって、上乗せされる料金が変わってくる。ちなみに最も高額なのは「事故に見せかけて殺してくれ」というものだ。できなくはないけれど、けっこう大変だから、あまり引き受けたくない種類の依頼だった。

「特急料金のオプションがついていないのなら」僕はビーフジャーキーを飲み込んだ。「入金からまるまる二週間使える。まあ、問題なく実行できるだろう」

「わかった」塚原が缶ビールを飲み干した。「手伝いが必要なら――いや、それは言わない約束か」

「ああ」僕は首肯《しゅこう》する。「塚原には連絡係を頼んでいるけど、それだけだ。実行は、あくまで僕の責任だ」

塚原が片頰を吊り上げた。「雪奈《ゆきな》ちゃんには助けてもらってもか」

「そうだ」僕はぬけぬけと答える。「今回の標的も女性だから、あいつの助言を受けるかもしれない。でもまあ、一人でなんとかなるだろう」

「うん。それについては、あまり心配してない」

塚原は空き缶を置いて立ち上がった。

「じゃあ、後は頼んだ」

「任せてくれ」

お決まりのやりとりの後、塚原は事務所を出ていった。僕もビールを飲み干した。ビールは一本だけにしておこう。明日から、動かなければならない。

次の日から、標的の監視を始めた。

殺し屋をやっている以上、興信所の探偵程度の調査力はある。けれど彼らと違って、標的についての聞き取り調査などができない。殺人事件が起きると、警察は被害者の周辺を調べる。その際、被害者のことを嗅ぎ廻っていた男が浮上したりすると困るからだ。

そもそも僕は、標的について詳しく調べないことにしている。依頼人から殺害動機も聞かない。余計な情報が入ると、行動を起こすときに邪念となって、失敗の要因になるからだ。以前そういった失敗をやらかして、ずいぶんと苦労させられた経験がある。必要なのは、確実に標的を殺害するための情報だけ。極論すれば、一人きりになる場所と時間帯さえわかれば、殺せるのだ。

だから、他人の手を煩《わずら》わせない簡単な調査以外は、もっぱら監視になる。幸いなことに、僕は怪しまれない監視術を得意としている。今日も、親が子供を引き取りに来る時間帯に、外回り営業のサラリーマンを装って通りかかった。

「せんせー、さよーならー！」

園児の声が響いた。色白の保育士が手を振る。「はーい、しんごくん、さようなら。明日も、元気で来てね」

浜田瑠璃子だ。マスクをしていて表情はわかりにくいけれど、笑ったのだろう。目が三日月のようになっている。今は十二月。花粉症ではない。風邪をひいたのだろうか。いや、他の保育士たちも、みんなマスクをしている。インフルエンザかノロウィルス対策だろう。最近、都内でも流行していると、テレビのニュースでやっていた。保育園児は抵抗力がない。感染してしまったら死亡の危険もある。保育園側としては、当然の対策といえた。いい加減な健康管理をしているわけではなさそうだ。

迎えの親は、誰もが首から入園証を提げていた。当然保育士とは顔見知りだろうけれど、決して顔パスにせず、園に入ってくる人間をきちんとチェックして選別している。これでは、父親のふりをして侵入することもできない。視線だけでチェックすると、門はオートロックになっている。その門と園庭の周囲に防犯カメラが確認できた。セキュリティ面も、しっかりと対策を講じている。少なくとも、園内で殺害することは難しそうだ。

帰宅は、午後九時前後だ。保育園のホームページを見るかぎり、年がら年中、何かのイベントをやっている。子供たちが帰宅した後、それらの準備をするためだろうか。

「それじゃあ、お先にーっ」

午後八時五十二分。まだ残っているらしい同僚に声をかけて、浜田瑠璃子が保育園を出てきた。交通手段はスクーターだ。真冬にスクーターは寒いだろうけれど、もこもこのダウンジャケットとマフラーでしのいでいるようだ。通勤時間は十分くらい。自動販売機で缶コーヒーを買うふりをしながらスクーターをやり過ごした。それでは、こちらもアパートに向かうとしよう。

アパートは、木造モルタルの二階建て。二階の、奥から二番目の部屋に住んでいる。

それほど新しくはない。この三日間監視してきて、部屋に彼女以外の人間が出入りするのを見たことがない。朝は鍵をかけて出て行くし、帰宅時には鍵を開けて入るから、一人暮らしと推察される。そして、深夜に公園に行くときも。

公園で黒い水筒の中身を捨てた後、浜田瑠璃子は水筒の中を水でよく洗った。蓋をすると、やはり紙袋に入れていたキッチンペーパーで外側を拭く。そして水筒と濡れたキッチンペーパーをまた紙袋に戻し、公園を出た。来た道を引き返し、アパートに戻る。ポケットから鍵を取り出し、解錠して中に入る。昨日や一昨日と、まったく同じ動きだった。しばらくして浴室の灯りがついた。今から入浴するようだ。覗きの趣味はないから、退散することにした。

呼び鈴の音がした。

入口の鍵は、いつもかけてある。相手が誰かはわかっているけれど、インターホンで確認する。「はい」

「俺だ」

塚原の声。非常事態を示す符牒のない、いつものしゃべり方だ。特に危険はないようだ。ドアの鍵を開ける。「富澤允《とみさわみつる》経営研究所」と書かれたドアが開かれ、塚原が入ってきた。

「いや、寒いな」

マフラーを外しながら塚原が言った。僕はコーヒーメーカーをセットした。程なくして、二人分のコーヒーが入る。カップを相棒に差し出した。

「サンキュ」短く礼を言って受け取る。ブラックのまま、ひと口飲んだ。「ふうっ。生き返る」

年寄り臭い科白《せりふ》に、苦笑した。

依頼が入ると、塚原はこまめに事務所に顔を出す。状況はどうなっているのか、困っていることはないかなどを確認するためだ。違法行為が前提の殺し屋とはいえ、信用は大切だ。依頼業務を期限内にきっちりこなしていかないと、仕事が来なくなる。塚原は、コーヒーカップをテーブルに置いて尋ねてきた。

「どうだ？」

「順調だよ」僕は淡々と答える。「昨晩で、必要な調査は終わった。あと一週間で、機会を見つけて実行する」

「手段は決めたのか？」

「ああ。今回は、雪奈の助けも要らない」

「そうか。まあ、富澤のことだから、心配はしていない。でも――」

「でも？」

僕は塚原を見た。連絡係は、上目遣いで僕を見つめ返していた。

「なんか、変な顔をしているな」

「変って」僕は自分の頬に手を当てた。「生まれつき、この顔だよ」

「そんなことを言ってるんじゃない」塚原は視線を固定したまま続ける。「なんだか、納得していない顔だ」

「えっ？」

「どうした」塚原は真剣な顔をしていた。「今回の依頼には、裏がありそうなのか？」

「裏」僕は首を振った。「裏のない殺害依頼なんて、あり得ないだろう」

「まあね。じゃあ、どうしておまえは納得していないんだ？」

「納得していないわけじゃないよ」

僕はコーヒーを飲み干して答えた。

「浜田瑠璃子を殺害することは、問題なくできる。それは安心してくれていい。ただ、
標的にちょっと妙なことがあるだけで」

「妙なこと？」塚原は眉間《みけん》にしわを寄せた。「それは、仕事に影響を与えないのか？」

「うん」簡単に首肯した。「与えないと思う。考えている実行場所も方法も、その妙な
こととは関係がないし」

「気になるな」塚原が立ち上がり、隅の冷蔵庫に向かった。家主に断りもなく缶ビール
を二本取り出し、片方を僕に差し出した。「話してみろよ」

こういったとき、いつも迷う。殺害の実行は僕の役目だ。塚原は連絡係に過ぎない。

標的についての情報を、彼に教えていいものだろうか。塚原が信用できないわけではな

い。連絡係なのに実行犯に近い情報を得ることが、彼のためにならないと思うからだ。とはいえ、彼とは長いつき合いだ。今さら話さないという選択肢はない。僕はプルタブを開けて、ビールを飲んだ。口の中にコーヒーの香りが残っていたけれど、それに関係なくビールはおいしい。

「まず、標的の浜田瑠璃子だけれど、ちゃんとした保育士のようだ」

「ちゃんとした」塚原が繰り返す。「それって、どういう意味だ？」

「よく働いているって意味だよ。さすがに保育園の中には入れないから、人通りの多い時間帯に、フェンスの外から様子を窺《うかが》ってみた。それだけでも、なかなかいい働きをしていることがわかった」

「人間関係は？」

「問題ないみたいだ。本人にも同僚にも、表情に不自然なところはない。会話を聞いていても、うわべだけとか、ぎこちないという感じはしなかった。子供を引き取りに来る親との雑談でも、どちらかが敬遠しているふうではなかった。子供は言うべきにも非ずだ。上手に手なずけているというか、ずいぶんと慕われていたよ」

「ふむ」保育園の様子を想像したのだろうか。塚原が宙を睨《にら》んで言った。

「雇った園長としては、拾いものだったってことか」

「そう思う。これははっきりした情報じゃないけど、親同士の会話で『理事長のコネで入ったからどんな人かと心配してたけど、いい先生でよかったよね』って話しているのが聞こえたから、そういうことなんだろう。理事長が別にいるから、園長は雇われである可能性が高い。人の財産を委託されているわけだから、何かと心労は多いだろうけれど、少なくとも浜田瑠璃子に関しては問題なかったようだ。別の親の話によると、園児が吐いたときにも、真っ先に処理したそうだ。完全な当たりだ」

「なるほど」塚原は腕組みをした。「理事長っていうくらいだから、保育園の持ち主なんだろうな。オーナーのコネで就職したから、周囲は当初、値踏みする目で見ていたことだろう。コネだから、お嬢様なのかもしれない。汚れ仕事を嫌がるんじゃないかと。でも自らの働きで跳ね返し、信頼を勝ち得た。いい話じゃないか」

「僕は別に、悪い話だなんて、ひと言も言っていないよ」

「でも、妙なところがあると」

「うん」

「なんだ？」

僕はビールをひと口飲んだ。「水筒なんだ」

「水筒？」

塚原が目を見開いた。元々ぎょろ目の塚原が目を見開くと、ほとんどまん丸になるから怖い。

僕は、浜田瑠璃子が近所の公園で、水筒の中身を捨てていることを話した。

「うーん」

話を聞き終えた塚原が唸《うな》った。「確かに、妙な話だな」

「だろう？」

「水筒って、どんなやつなんだ？」

「容量は五百ミリリットル程度だろう。スリムだけれど、夏は保冷、冬は保温できる魔法瓶タイプに見えた」

「ああ」思い当たったようだ。「最近、オフィスに持ち込まれることが多いやつだな。夏場の水分補給に使われはじめて、今は季節を問わず定着している」

さすがは本業が地方公務員だけのことはある。自分もオフィスに通っているから、事情はよくわかっている。

「そう。そんな水筒だ。公園の水道を流して、水筒の中身を空ける。水道の水で中をゆすいで、帰る。それだけなんだ」

「中身はなんだったんだ？」

「それはわからないよ」僕は手を振った。「監視中だぜ。距離を取っていたから、中が何だったかまではわからない」

「それもそうか」

「そういうこと。ともかく、毎日同じ黒い水筒だったから、浜田瑠璃子が持ち歩いているものだと考えていいと思う。おまえが言ったように、職場に持ち込んでいるのかもしれない。だったら毎日、中をゆすぐのは自然だ。ただし、自宅の台所ならの話だけど」

「そうだよなあ」塚原が天を仰いだ。「どうして寒空の中、わざわざ公園まで行かなくちゃいけないんだ。公園には水道はあっても、洗剤はない。中を洗うにしても、台所の方が圧倒的に便利だ」

「浜田瑠璃子のアパートが汚部屋である可能性は否定できないけどね。公園の水道の方がキッチンシンクより綺麗なのかもしれない」

「そんな保母さん、やだな」

「塚原の好みは聞いてないよ。とはいえ、保育士は清潔感が命だろう。本人の外見からしても、とうてい汚部屋に住んでいるとは思えない」

「安心した」真面目な顔で塚原がコメントした。そして、何かに思い当たったような顔をした。

「ところで、浜田瑠璃子は一人暮らしなのか？　それとも、家族と一緒に住んでいるのか？」

「たぶん、一人暮らしだな」僕は答える。「出入りのときには、必ず鍵を開け閉めしているし」

「食事はどうしているんだろう」

「食事？　――ああ」

標的に関する調査や監視では、メモを取らない。証拠を残さないよう、すべて暗記だ。塚原のルーズリーフも、用が済んだらすぐに焼却処分することになっている。

「帰りにスーパーに寄っているようだ。監視した三日間、毎日スーパーで買い物している。コンビニには行っていない。食堂にも立ち寄らなかったから、少なくともこの三日間は、外食していない」

「スーパーでの買い物の量は？　一人暮らしにふさわしいのか」

「それは、判断がつかないな」僕は渋面を作った。「自炊するにしても、おかずが一品か二品かで、買い物の量は違うだろうから」

そして塚原の目を見返す。「どうしてそんなことを訊く？」

「いや」塚原が唇をへの字にした。「ひょっとしたら、浜田瑠璃子には同居人がいるんじゃないかと思ったんだ」

「えっ？」予想外の科白だ。「どうして？」

「だって、普通に台所で洗えばいい水筒を、わざわざ外で洗ってるんだ。同居人がいて、そいつに水筒を見せたくないのであれば、筋は通る」

「で、でも」僕はつっかえながら反論する。「部屋を出るときには鍵をかけるって……」

「中に人がいても、防犯上は別に不思議でもないだろう」塚原が僕の反論を一蹴した。

「確かに、普通なら家に残した同居人が、内側から鍵を閉めるだろう。でも、そうしてくれない場合も存在する。たとえば、寝たきりの親とか」

「……」

「浜田瑠璃子は、働きながら親の介護をしている。でも、持っている水筒は親に見せたくなかった。たとえば、恋人から贈られたものだとか。親は、娘に恋人ができたら、自分は捨てられると思うかもしれない。余計な心配をかけたくないから、水筒の存在を隠した——そんなストーリーが浮かんだんだ」

僕は口を半開きにした。驚いたからではない。呆れたからだ。

「さすがに、それはないだろう」

できるだけ相手を傷つけない口調で言った。

「だったら水筒を自分で買ってきたことにすればいいだけの話じゃないか。そもそも、内側から鍵をかけられない寝たきりの親なら、台所で洗っても気づかれない」

塚原が掌を口元に当てた。「あっ、そうか」

「それに、浜田瑠璃子が帰ったとき、部屋の明かりは点《つ》いていなかった。さすがに、寝たきりの親を暗闇には置かないだろう」

塚原はへの字にした唇を尖らせた。「それ、先に言え」

僕は旧友に笑みを向けた。

「やっぱり塚原は、殺し屋には向いていないな」

塚原が、ぎょろ目を大きくする。「どうして?」

「想像しすぎるから」

「えっ?」

僕は小さなため息をついた。

「殺し屋は、想像しちゃいけないんだよ。標的にも好きな相手がいるんだろうなとか、この相手が死んで困る奴もいるんだろうなとか、想像してはならないんだ。逆に、標的がどんなひどい奴でも、こんな奴は殺されて当然だと考えてもいけない。想像は、感情移入につながる。人間は、感情移入した相手には、冷静に立ち向かえない。つまり、殺せないってことだ」

今まで、何度か説明したことだ。塚原も憶えているらしく、納得と不満を同居させた顔をこちらに向けてきた。「そんなものかね」

「そうだ。さらに言えば、殺そうと考えることすらよくない。シンプルに、業務をこなすことだけ考えればいい」

「確かに」塚原が再び天を仰いだ。「おまえにしかできないことだな、それは。高校生のときから、そんな奴だった」

「あの頃は、誰も殺していないよ」

「知ってるよ」塚原が手をぱたぱたと振る。そして意識を現在に戻した。

「それで、殺害方法はどうするんだ?」

僕は即答した。「秘密」

殺害方法は、最重要機密だ。いくら信頼している連絡係でも、事前に教えるわけにはいかない。

塚原は事務所の中をぐるりと見回した。

「ナイフか？　ボウガンか？　ここには、銃器以外の武器は何でも揃ってるんだろう？　毒物だって、自作しているはずだ」

「自作しているかどうかはともかく、科学者でなくても、人を殺す毒は作れるよ」

僕はそれだけ答えた。

「とにかく、富澤の流儀では、浜田瑠璃子がなぜ水筒の中身を深夜の公園で捨てているかを、考えちゃいけないんだな」

「少なくとも、実行前はね」

「わかった」塚原はビールを飲み干し、流し台に向かった。

「明後日くらいにまた来るけど、急《せ》かしているわけじゃないから安心してくれ」

「急かされて平常心を失うような人間は、殺し屋になれないよ」

僕と塚原は顔を見合わせて、にやりと笑った。

「じゃあ、吉報を待っている」

塚原は、事務所を出て行った。

「じゃあ、お先に失礼しまーす」

保育園の職員用玄関から、元気な挨拶が聞こえた。午後九時二十分。浜田瑠璃子が帰宅するのだ。

トートバッグを抱えた浜田瑠璃子が、駐輪場に向かうのが確認できた。スクーターがそこに止めてあるからだ。分厚いグローブとヘルメットを装着するのに、多少の時間がかかる。その間に、僕は自転車を走らせた。標的よりも先に、目的の場所に到着しておかなければならない。

殺し屋は肉体労働だから、普段から身体を鍛えている。高校の柔道部時代の財産はまだ生きている。息を切らすことなく、決めてあった場所に到着した。

信号機のない交差点。横断歩道はある。浜田瑠璃子はいつもこの道を通る。車通りも人通りもほとんどないから、浜田瑠璃子のスクーターは減速することなく通過していた。

僕は営業時間を終えたクリーニング屋の陰に身を潜《ひそ》めた。浜田瑠璃子を待つ。数分で、耳が憶えたエンジン音が聞こえてきた。前照灯の高さと形を確認する。間違いない。浜田瑠璃子だ。僕は自転車に乗って交差点に向かう。浜田瑠璃子の死角から、タイミングを見計らって横断歩道に乗りだした。

衝撃が走った。狙いどおりだ。浜田瑠璃子のスクーターが、自転車の前輪と接触した。なぎ倒される形で自転車が転倒する。僕も道路に転がったけれど、受け身を取ったからダメージはない。

一方、浜田瑠璃子のスクーターも転倒していた。こちらは時速四十キロ近いスピードで走っていたから、すぐには止まれない。倒れた状態で十数メートル滑って止まった。勢いで、前カゴに入っていたトートバッグが転がり出る。

浜田瑠璃子が慌てて身体を起こす。こちらを見る。さあ、どうする。逃げるか、こちらに来るか。こちらに来た!

「だっ、大丈夫ですかっ」

かすれ声で言って、こちらにかがみ込んでくる。僕は苦しげな表情を作った。左脚を押さえる。「うう……」

「あっ、いや、その——」

事故を起こしてしまったショックで、うまく言葉が出てこない。隙だらけだ。僕は左脚の下に隠していたナイフを取り出した。ダウンジャケットの下から、浜田瑠璃子の腹部を刺した。肋骨の下、右側。肝臓のある辺りだ。ナイフの刃先が、ずぶりと入り込む感触があった。勢いよくこじる。肝臓は、血管の塊だ。そこを刺されてこじられたら、大出血が起こる。今この瞬間に救急車がやってきたとしても、助かることはない。今まで、何度も行ってきた作業だ。しくじるわけがなかった。

浜田瑠璃子は、自分の身に何が起こったか理解していないようだった。ヘルメットを被っているから、視野が狭い。もこもこのダウンジャケットの下を刺しているから、ナイフの柄も見えないだろう。ただ、身体に異物を押し込まれたショックで動けないだけだ。

僕は血液がこちらに飛び散らないよう、角度に気をつけてナイフを抜いた。途端にどくどくと血液が溢れ出てくる。狙いどおりの出血量。これで確実に、浜田瑠璃子は死ぬ。

「……」

言葉ひとつ発することもできずに、浜田瑠璃子は倒れ伏した。そろそろ、意識が混濁してくる頃だ。彼女は、自分が死ぬという自覚もないまま死んでいく。

後はこの場を立ち去るだけだ。きびすを返そうとしたとき、ふと思いついてトートバッグを見た。勢いよく転がり出たトートバッグは、その中身を散乱させていた。携帯電話。財布。手帳。ハンカチ。そういったものが路上に転がっている。僕は目当てのものを捜した。あった。黒い水筒だ。しかし、それだけではなかった。

浜田瑠璃子のトートバッグには、白い水筒も入っていたのだ。

「白い水筒？」

塚原が変な声を出した。「なんだ、そりゃ」

「なんだもなにも」僕は缶ビールを開栓しながら言った。「浜田瑠璃子のトートバッグには、二本の水筒が入っていたということだよ。黒い水筒と、白い水筒の二本が」

東京都稲城市で保育士の女性が殺害されたというニュースが、テレビで流れた夜。塚原が僕の事務所を訪ねてきた。仕事を終えたという連絡を入れたから、詳しい報告を聞くためだ。浜田瑠璃子殺害の顚末《てんまつ》を連絡係に話し終えたときに塚原の口から滑り出てきたのが、先ほどの科白というわけだ。

塚原は頭を振った。「意味がわからん」

「僕もだ」ビールをひと口飲んで続ける。「でも、想像していることはある」

殺害を実行するまでは、いくら気になることがあっても考えないようにしている。けれど仕事を終えた後なら、考えるのは自由だ。運動した後の整理体操のようなものかもしれない。

塚原が大きな目をこちらに向けた。「聞こうか」

「そうだな」僕は天井を睨んで、考えをまとめた。

「事実から始めようか。僕が監視している間、浜田瑠璃子が夜の公園に持ち込んでいたのは、黒い水筒だった。白い水筒だったことは、一度もなかった。自宅に台所があるのに、わざわざ公園まで出て中身を捨てるということは、秘密があるのが黒い水筒の方なのは、間違いない。そこまでは、いいか？」

「ああ。いいぜ」

「この前雑談しているとき、僕は浜田瑠璃子のアパートが汚部屋で、台所が使えない可能性を指摘したのを憶えているか？」

塚原は宙を睨んで記憶を探っていたが、すぐにうなずいた。

「そうだった。確かに、おまえはそんなことを言っていた」

僕は友人の記憶力に満足して、先を続ける。

「もちろん、本気じゃなかった。でも、逆のパターンはあり得るんじゃないかと思ったんだ。汚いのは台所じゃなくて、水筒の方だと。遠目だったけど、それほど汚れた水筒には見えなかった。だとしたら、汚れているのは外側ではなくて、内側だ。黒い水筒には、自宅の台所に流したくないような、汚いものが入っていた可能性がある。最も衛生状態を気にしなければならない水筒に、なぜ汚いものが入っていたのか。汚いものとは、いったい何なのか」

僕は、公園で水筒の中身を流す浜田瑠璃子の顔を思い出していた。公園での彼女には、保育園で同僚や園児、そしてその親に見せる愛想の良い笑みは浮かんでいなかった。ただ、能面のように無表情だった。あのとき、彼女は何を考えていた？

「ここで僕は、浜田瑠璃子の置かれた境遇を思い出した。浜田瑠璃子は、理事長のコネで保育園に就職したという。この就職難の時期、縁故での就職は、周囲の妬《ねた》みを買ったことは、簡単に想像がつく。理事長の関係者だから、面と向かっては辛く当たられない。悪口も言われない。しかし、一挙手一投足を見られていたんじゃないのかな。まるで値踏みされるように」

塚原が一拍おいて首肯した。「あり得るな」

「浜田瑠璃子は職場で生き残るために、模範的な保育士の働きをすることによって、自分の価値を示すしかなかった。それには成功したんだ。三日間の観察によって、僕にはそのことがわかった。同僚は彼女に対して屈託なく話しかけ、園児には慕われ、親には頼りになる保育士だと信頼されるようになった。努力が実を結んだ好例として、後輩たちの手本になったと思う」

塚原が眉間にしわを寄せた。浜田瑠璃子を賞賛する僕の口調に、悲しげな響きを聞き取ったためだろう。僕は口調を変えずに続ける。

「彼女は勝者だ。しかし、勝ち続けるためには、模範生であり続ける必要があった。一度勝ち得た信頼を失うわけにはいかない。なぜなら、自分はコネで就職したから。そのため、多少の無理でもこなしていくしかなかった。でも、そんな努力を続けていては、いつか疲れ果てるときが来る。浜田瑠璃子は、保育園での勤務が次第に嫌になっていったんじゃないか。同僚も園児も親も、もうたくさんだ。自分を解放してくれと」

公園で見せた無表情は、保育園での愛想、つまり保育園そのものを捨て去ったからこそのものではないのか。

「浜田瑠璃子は保育園を辞めたかった。けれど世話になった理事長の手前、万人が納得するほどの理由がないかぎり、辞められない。だったら、保育園の方をなくせばいい」

「そうか」ようやく話が見えてきたのか、塚原が目を見開いた。

「浜田瑠璃子は、園児の嘔吐物を率先して処理したんだったな。この季節の嘔吐は、真っ先にノロウィルスの心配をしなければならない。浜田瑠璃子は園児の嘔吐物を処理する際、ふと思ったのか。ここには、ノロウィルスが山ほど入っているかもしれない、と」

僕はうなずいた。

「浜田瑠璃子は考えた。これを、園児たちに接触させたら？　保育園では、ノロウィルスによるウィルス性胃腸炎が大流行する。一時的とはいえ、保育園がその機能を停止してしまうのではないか。そして自分は解放される」

　僕は浜田瑠璃子に感情移入していた。彼女の苦悩を自分のことのように想像した。仕事は終わっているから、もう何をやってもいい。

「浜田瑠璃子はその妄想に取り憑かれた。こっそり、普段使いしていた黒い水筒に嘔吐物を入れた。嘔吐物を水で薄め、園児が触りそうなところにそっと塗りつける。そんな行為に出た。この水筒はもう使えなくなるから、代わりに白い水筒を用意した。新しい、本来の意味での水筒。それが、白い水筒の役割だ」

「でも、保育園でウィルス性胃腸炎の流行は起こらなかった……」

「そう。園児の嘔吐は、ノロウィルスが原因ではなかったのかもしれない。それでも浜田瑠璃子は諦めなかった。ノロウィルスの供給源はいくらでもある。人の集まるところなら、常にそのリスクはある。たとえば、スーパーマーケットとか。浜田瑠璃子は、スーパーマーケットに立ち寄ったときに、多くの人間の手が触れる場所をハンカチでぬぐった。ショッピングカートとか、買い物カゴとか。そしてハンカチを浸した水を、黒い水筒に入れた。そこに、ノロウィルスが紛れ込んでいることを期待して」

　ぐえ、と塚原の喉が鳴った。

「そ、そんなことで、うまくいくのか？」

「無茶な話じゃないよ。科学者でなくても毒物を作れることは、僕がいちばん知ってる」

「その水を、保育園の子供が触りそうな場所にかけた……」

「成功するかどうかは、わからない」僕が後を引き取った。「でも、それでもよかった。

帰ってから水筒の中を洗い、また新しい汚染水を入れる。洗うのは、今日使った水が汚染されていなかったとしたら、明日使う――ウィルスが入っているかもしれない――水が、薄まってしまうからだ。浜田瑠璃子は、それを繰り返していた。保育園でウィルス性胃腸炎が大流行するまで」

「そうか」

塚原がビールの缶を勢いよくテーブルに置いた。カン、という高い音が部屋に響く。

「依頼人は、それを目撃したのか」

「可能性はあると思う」

僕は依頼人を知らない。浜田瑠璃子を殺そうとした動機も知らない。しかし、僕たちの想像が正しければ、ひとつの仮説を組み立てることができる。

「依頼人は、浜田瑠璃子の行為を目撃してしまった。そして行為が意味するところと、その動機も理解した。依頼人が保育園関係者だったら、真っ先に何をするか。浜田瑠璃子が付着させた汚染物質を拭き取り、消毒することだ。園児たちにウィルス性胃腸炎が発生しなかったのは、そのためかもしれない」

「でも依頼人は、浜田瑠璃子を問い詰められなかった」

今度は塚原が続けた。

「確たる証拠があるわけじゃない。それに相手は、保育園の所有者である理事長の関係者だ。迂闊《うかつ》なことを言ったら、追放されるのは自分の方だ。かといって、浜田瑠璃子の行為を放置することもできない。思い悩んだ挙げ句、思いついたのが、浜田瑠璃子を亡き者にすることだった。彼女の行為とは関係なく殺されてしまえば、理事長の怒りも買わず、園児たちの安全も守ることができる」

「六百五十万円という金額は、個人には大金だ」僕は言った。「でも、法人にとってはそれほどでもない。依頼人は、保育園の金をある程度自由にすることができた。ひょっとしたら、雇われ園長なのかもしれない。依頼人は、標的の自宅の住所を伊勢殿に教えることもできた。それなのに勤務先を教えたのは、保育士としての浜田瑠璃子を殺してほしいと考えたからじゃないかな」

僕たちの話は終わった。僕は缶ビールを飲み干し、新しい二本を冷蔵庫から取り出した。しばらくの間、二人とも黙ってビールを飲み、ビーフジャーキーを囓《かじ》った。二本目の缶ビールを飲み干してから、僕は席を立った。

「そうだ。忘れないうちに」

部屋の隅にある金庫に向かった。ダイアルを回して扉を開ける。中から封筒をふたつ取りだした。再び金庫の鍵を閉めて、応接セットに戻った。封筒を塚原に手渡す。

「報酬だ。おまえの分と、伊勢殿の分」

連絡係である塚原と伊勢殿に、手数料として五十万円ずつ支払うのが、僕たちのルールだ。残る五百五十万円が僕の収入になる。しかも、税金のかからない金だ。二週間の労働の成果としては、満足すべき結果だろう。浜田瑠璃子と依頼人には感謝しなければ。

「サンキュ」

塚原が短く言って、封筒を鞄にしまった。立ち上がる。

「じゃあ、帰るよ」

「お疲れ」

僕も立って、塚原を送るために玄関に向かう。ドアを開ける直前、連絡係に微笑みかけた。

「ご用命があれば、いつでもどうぞ」

# 紙おむつを買う男

僕は煙草が好きではないけれど、一応は吸える。

これはけっこう重宝する技能だ。路上でただ突っ立っていたら、怪しまれる。怪しまれないまでも、印象に残ってしまう。しかしそこに灰皿があって煙草を吸っていたら「ああ、喫煙スペースで煙草を吸っているんだな」と納得して、記憶から簡単に消えてしまうのだ。僕のように、往来に立ちっぱなしになることの多い職業には、煙草は必須な小道具だといえる。

今もそうだ。大型の子供用品店。赤ん坊を連れてくる客が多いためだろう。駐車スペースが広く取ってあり、喫煙スペースを設けてある。自動車でやってきて、母親が赤ん坊を連れて買い物をしている間、父親が退屈しないようにとの配慮だろう。僕はその喫煙スペースで、他の父親たちに交じって煙草を吸っていた。

父親たちの多くはスマートフォンをいじっている。ただぼんやりと出入口を見ている者もいる。僕は後者だ。もっとも、ぼんやりとしているのは表情だけで、頭の中では集中力を研ぎ澄ましている。

内側から自動ドアが開く。父親たちが一斉に反応する。しかし出てきたのが男性とわかると、途端に興味をなくして、視線をスマートフォンに戻す。僕は興味をなくしたふりをしながらも、男性を視界の隅に捉えていた。なぜなら、僕が待っていたのが、彼だったからだ。

若い男性だ。塚原の話によれば、二十五歳ということだった。右手に紙おむつのパックを抱えている。パッケージには、Lサイズと書かれてある。店頭に貼ってあるチラシによると、今日は特売日で、紙おむつが安いらしい。小さな子供を持つ知人の話では、紙おむつはいくらあっても足りないそうだ。だから特売日には、家に入りきらないほど大量に買って、自動車のトランクにしまっているという。彼も同じ狙いなのか。それにしては、一パックしか買っていない。いや、それ以前の問題だ。

彼、小此木《おこのぎ》勝巳《かつみ》は独身のはずだ。それなのに、どうして紙おむつを買ったのだろうか。

＊＊＊

「仕事が来たぞ」

事務所に入るなり、塚原俊介がそう言った。

僕はソファを勧めながら訊いた。「どんな奴だ？」

塚原は通勤鞄からルーズリーフ式の手帳を取り出した。ふせんの貼ってあるページを開く。

「名前は小此木勝巳。大和《やまと》に住んでいて、市内の会社に勤めている」

塚原が手帳のポケットから写真を抜き取った。起き上がって受け取る。居酒屋の店内だろうか。若い男女が数名写っていた。「どいつだ?」

「右端だ。それは、大学生の頃の写真らしい。今は二十五歳ということだったから、五、六年前の写真だな」

右端の人物に視線を集中させる。痩せていて、目の細い男性だった。髪は耳を隠している。服装もチェックのシャツとジーンズという、垢抜けない大学生そのものといった風情だ。

「他の情報は?」

塚原が手帳に視線を落とす。

「会社の名前は、南大和工務店。分譲住宅を扱う会社だな。もっとも、小此木自身がトンカチを握って家を建てているわけじゃなくて、本人は営業担当らしいが」

僕はあらためて写真を見た。飲み会をやっているわりには、辛気くさい表情。こんな顔をして営業ができるのだろうか。社会で揉まれているうちに、営業スマイルができるようになったのかもしれないけれど。

そんなことを考えながら写真を眺めていたら、妙なことに気がついた。小此木だけではない。写真に写った全員が、揃いも揃って暗い表情をしているではないか。暗いというか、思い詰めたというか。あまり参加したくないタイプの飲み会だった。

僕は顔を上げて、塚原の顔を見た。塚原が右頬を吊り上げた。「気づいたか」

ガラスのテーブル越しに、写真を覗きこむ。

「依頼人の話によると、小此木は大学時代に、過激派組織に所属していたらしい。写真に写っているのは、その連中だよ」

「ほほう」この仕事を始めてから長いけれど、過激派が標的というのははじめてだ。

「よく就職できたな」

塚原が首を振る。「『伊勢殿』はそこまでは教えてくれなかった。依頼人が、小此木の就職活動について語らなかったんだろう。まあ、逮捕歴がなければ、ばれないんじゃないかな。サークル活動みたいに、履歴書に書くわけじゃないんだし」

「それもそうか」

「どうする？　引き受けるか？」

仕事の依頼が来たら、引き受けるかどうか、三日以内に返事をしなければならない取り決めになっている。

「小此木勝巳という人物が実在して、写真と同一人物ということがわかったら、引き受けるつもりだ」

塚原の目が細められた。「相手が過激派でも？」

「それは、たいした問題じゃない。別に、機動隊と格闘している最中を狙うわけじゃないし。第一、こいつが現役の過激派かどうかもわからない」

「そうだな」塚原が立ち上がった。「とりあえず、明後日にまた来るよ」

「わかった」

「じゃあ、明後日に」

塚原は事務所を出て行った。一人残された僕は、立ち上がって事務机に向かった。小此木勝巳の写真を引き出しにしまう。

明日から、活動開始だ。


僕の名前は富澤允。中小企業相手の経営コンサルタントをやっている。大手メーカーの下請け工場や、個人経営の学習塾などが主な顧客だ。彼らの経営が苦しくなっているのは、仕事ぶりが悪いからではない。キャッシュフローの概念を理解していないことが主な原因なのだ。だから支払や入金のタイミングについて無頓着になる。逆に経理のプロが社員にいる大企業は、できるだけ下請けへの支払を遅らせようとする。僕は元請けに有利にできている契約書を読み込み、必要ならば弁護士とも相談して、何とか経営資金を回せる体制を作ってあげる。経営が立て直せたら顧客からは感謝されるし、僕も達成感を味わうことができる。

しかし残念ながら、中小企業が相手であるだけに、報酬は高くない。他所様《よそさま》の面倒をみる前に、自分の事務所が倒れそうだ。にもかかわらず、僕は資金難に陥ったことはない。なぜなら、僕には殺し屋という副業があるからだ。

一般家庭に生まれて、ごく普通に育ってきた僕が、なぜ殺し屋などをやることになったのか。その経緯はともかくとして、今現在、僕は殺し屋だ。報酬は、一人につき東証一部上場企業社員の平均年収である六百五十万円。税金のかからない収入だ。一年に一人殺せば、経営コンサルタント業をたたんでも暮らしていける。カムフラージュのために、続けるけれど。

経営コンサルタントだろうが殺し屋だろうが、仕事は仕事だ。きっちりこなさなければならない。塚原の訪問を受けた翌日から、僕は行動を開始した。

殺し屋は標的のことを知らなければならないから、興信所の探偵くらいの調査力はある。初日のうちに南大和工務店という会社が神奈川県大和市に実在し、小此木勝巳という営業マンが在籍していることを突き止めた。そして次の日には住居である市内のアパートを特定し、自転車での通勤ルートも把握した。社会人になった小此木は、頭髪こそ短くしていたけれど、細い目と痩せた体型は写真と変わっていなかった。暗い表情も。

「引き受けるよ」

塚原が事務所を訪ねると予告した夜。僕は旧友にそう言った。

「わかった」塚原がうなずく。「『伊勢殿』にはそう答えておく」

僕は依頼人と直接会うことはない。塚原と、伊勢殿という人物の二人を、連絡係として間に挟んでいる。

二人の連絡係は、役割が違う。塚原は僕と伊勢殿の間を取り持ち、伊勢殿は依頼人と塚原の間を取り持つ。だから塚原は依頼人が誰だか知らないし、伊勢殿は殺し屋が誰だか知らない。一見迂遠《うえん》な方法のようだけれど、秘密を守るにはいい手段だ。間に二人挟まることによって、依頼人と殺し屋は、お互いの情報を知り得ないようになっている。そのため仕事が終わった後に、僕は依頼人から口封じされる心配をしなくていいし、依頼人も僕から脅迫される心配をしなくていい。ビジネスとは、かくのごとくドライでありたいものだ。

ともかく、僕が殺人依頼を引き受けたことを、依頼人は伊勢殿から聞かされる。契約書を取り交わすような仕事ではないから、その時点で契約は成立することになる。依頼人は前金を速やかに振り込まなければならないし、僕は振り込みを確認したら、二週間以内に標的を殺害しなければならない。

僕と塚原は、同時に席を立った。僕は冷蔵庫に、友人は戸棚に向かう。それぞれが缶ビール二本とビーフジャーキーを手にして応接セットに戻った。プルタブを開ける。

「では」

「おう」

同時にビールを飲んだ。いつの頃からか始まった、新しい仕事が始まったときに行う儀式だ。

「オプションは？」
ビーフジャーキーを嚙みながら、僕は尋ねた。
塚原は首を振った。「今回は、聞かなかったな」
ときどき、殺人に条件をつけてくる依頼人がいる。その際には、受けられる内容につ
いては、追加料金で請け負っている。最も多いのは「すぐに殺してくれ」というものだ。
「凶器はこちらで用意するから、それで殺してくれ」という希望もわりとある。前者は
たいていの場合受けられるけれど、後者はあまり引き受けたくない。出自のわからない
凶器を使うと、そこから足がつく危険性があるからだ。今回、そういったオプションが
ないのは、安心材料といえた。
「オプションがないのなら、明日からすぐに動くよ。といっても、決行までに一週間は
欲しいな。週末を挟みたい」
塚原が目を見開いた。「どうして？」
「小此木は一人暮らしのようだ」僕はそう答えた。「一日だけのことだけど、奴が帰っ
てくるまで、部屋の灯りは消えていた。奴が帰った後、誰かが同じ部屋に入ったりしな
かった。平日はずっとそうかもしれない。でも週末には、たとえば彼女とずっと一緒っ
てこともあり得る。標的について必要以上に詳しくなっちゃいけないけど、ある程度の
行動パターンは把握しておかなきゃな。そうでなければ、確実に殺せない」
「うーん」塚原が自らの顎をつまんだ。「大変なんだな」

「まあ、仕事だからな」

顔を見合わせて笑った。やはり同時に缶ビールを飲み干す。塚原が立ち上がった。

「帰るよ。大船に乗った気でいてくれ」

「ああ。健闘を祈る」

旧友は、軽く手を振って事務所を出て行った。

翌日から、小此木勝巳の行動パターンを探り始めた。彼は営業マンであり、営業には社有車で出掛けるから、尾行することはできない。その必要もなかった。どうせ会社に戻ってくるわけだし、会社からはアパートに帰るのだ。手の届く範囲内で殺せるタイミングを見つけだせばいい。

住宅産業というのは、なかなか大変な業界らしい。小此木が会社を出るのは、毎日午後十時を回っていた。仕事の資料を持ち帰っているのか、大きく膨らんだ通勤鞄を自転車の前カゴに乗せている。まっすぐに帰宅せず、途中で夕食を摂る。僕が監視を始めてから数日の間に、ラーメン屋、牛丼屋、中華料理屋に立ち寄った。ひょっとしたら、お気に入りの店をローテーションしているのかもしれない。

朝は朝で、会社近くのコンビニエンスストアに寄っている。買うものは、おにぎりかサンドイッチ。この分では、昼食も推して知るべしだ。若い男性ということもあって、同じメニューが続いたり、栄養が偏ったりしていても気にならないようだ。僕も経験があるから、非難する気はない。

要するに、典型的な一人暮らしの独身男性ということだ。少なくとも平日の間は、アパートに出入りする人影はなかった。大学時代はどのような生活を送っていたかはともかく、少なくとも現在は、普通の社会人をやっている。誰かから殺したいと思われるような人物には見えない。スマートフォンを操作しながらの自転車運転は危険だと思うけれど、誰もがやっていることだ。

数日間監視しているかぎりでは、周辺住民とトラブルを起こしているわけでもなさそうだ。外に漏れる大音量でテレビを見たり、飲んで騒いだりもしていない。あえていうならば、ゴミ出しを朝ではなく、前の晩にやっているのが問題といえば問題か。小此木の住むエリアは、燃えるゴミの収集を火曜日と金曜日にやっている。彼は金曜日の朝ではなく、木曜日の夜にゴミを出している。厳密にいえばルール違反だけれど、同じことをしている住民はたくさんいるようで、彼がゴミ置き場に行くときには、すでにたくさんのゴミ袋が置かれていた。彼だけが迷惑な住民というわけではない。

それでも、現実に殺害依頼はあったのだ。僕が考えなければならないのは、いかにして確実に小此木勝巳を殺害するかだ。決して、なぜ小此木勝巳が殺されなければならないかではない。余計なことを考えると、行動が制約される。行動の制約は、失敗に直結する。プロとして、絶対に避けなければならない。

金曜日まで同じ生活パターンを繰り返して、週末がやってきた。住宅を扱う会社は土日も営業しているはずだけれど、小此木は土日に休める立場らしい。法人営業担当なのかもしれない。出勤時刻になっても、小此木のアパートはカーテンが閉められたままだった。

　カーテンが開かれたのが、午前十時。このままずっと部屋に閉じこもっていたら困るなと考えていたら、小此木が玄関から出てきた。黒とグレーのトレーニングウェアを着ている。ジョギングにでも出掛けるのだろうか。いや、それにしては足がサンダル履きだ。トレーニングウェアは、おそらくはパジャマ代わりなのだろう。髪もぼさぼさで、髭《ひげ》も剃っていない。アパートの隅にある自転車置き場から、愛用の自転車を出した。遅めの朝食を摂りに行くのか、それともコンビニエンスストアに行くのかと思っていたら、数分漕いで県道に出た。さらに数分進むと、意外な建物の前に自転車を停めた。

「――子供用品店？」

　思わずつぶやいてしまった。一人暮らしの小此木が、何の用だ？

　小此木が店内に入ったのを確認して、僕も自転車を停めた。出入口近くの喫煙スペースで、煙草を吸いながら小此木を待つ。彼は五分ちょっとで店を出てきた。手に持っているのは、なんと紙おむつのパックだ。彼が小さな子供を育てていることは、確認できていない。

　小此木は紙おむつを前カゴに乗せると、まっすぐ自宅に戻った。

「どうだ？　調子は」

日曜日の夜。塚原が事務所を訪ねてきた。

「順調だよ」僕は答えた。「小此木の行動パターンは、だいたいつかめた。決行する場所も時間帯も、ほぼ決めた」

「殺し方も？」

「ああ」

僕は曖昧に答えた。殺人について、具体的なことは話さないことにしている。いくら旧友でも、というより旧友だからこその配慮だ。万が一失敗して警察に逮捕された場合、塚原は護らなければならない。そのためにも、彼は余計なことを知らない方がいいのだ。

「数日のうちに片を付けるよ」

代わりにそう言った。いつもの科白だ。しかし塚原が反応した。じっとこちらを見つめてくる。塚原はぎょろ目と表現できるほど、目が大きい。痩せていてよく日に焼けているから、僕よりも殺し屋のような風貌をしている。いや、殺し屋というよりも傭兵に近いか。そんな外見だから、じっと見つめられると、妙な迫力があった。

「どうした？」

僕が尋ねると、塚原は首を振った。

「それは、こちらの科白だ。何があった？」

そんな言い方をする以上、僕におかしな気配を感じたのだろう。今回の仕事について気になっていることは、確かにある。しかし連絡係である塚原に話していいものだろうか。少し迷ったけれど、話すことにした。

「何があったかと言われれば、何もなかったと答えるしかない。ただ、ちょっと引っかかることはある」

「なんだ？」

僕は今日まで監視してきた小此木勝巳の行動について、塚原に話した。話が紙おむつに及ぶと、瞳が光を帯びた。

「ふむ」人差し指で、鼻の頭を掻く。「面白いな、それ」

僕は困った顔を作った。

「面白いかどうかはともかく、妙ではある。他に、おかしなところは何もない。若いサラリーマンの行動として、どれもごく自然なものだった。だからこそ、たったひとつの妙な点が際立ってるんだ」

僕は立ち上がって冷蔵庫に向かった。缶ビールを二本取り出す。一本を塚原に渡した。

「一人暮らしの独身男が、紙おむつか」

ビールをひと口飲んで、塚原が言った。「子供用品店で、小此木は紙おむつだけを買ったんだろう？」

「ああ、そうだ」

「だったら、買い物のついでに気まぐれを起こして買ったわけじゃない。わざわざアパートから自転車を漕いで子供用品店へ行って、まっすぐに帰ったんだ。自分は紙おむつを買うんだという、明確な意思を感じる」

　僕もビールを飲んだ。「塚原は、どう思う？」

「うーん」傭兵みたいな顔だちの公務員は、宙を睨んだ。すぐに視線を戻す。

「単純に考えたら、子供がいるんだろうな。一人暮らしに見えるけれど、実はアパートには小さな子供がいて、その子のために紙おむつを買った」

「あり得なくはないけど、可能性は低いな」僕は答える。「小此木は晩飯を外で済ませている。誰かと同居しているのなら、まっすぐ家に帰るだろう。おむつが必要なほど小さな子がいるのなら、なおさらだ」

「大人がいるんじゃないのか？　奥さんか、同棲している女性が。子供はその人が面倒見ているとか」

「いや」僕は首を振る。「奴が帰るまで、アパートの灯りは消えている。誰かが住んでいるのなら、夜になっても照明を点けないってことはないだろう。小此木が会社を出るのは、夜十時を過ぎた頃だ。外で晩飯を食べるから、アパートにたどり着くのは十一時前になる。小此木が会社にいる間にアパートを監視したけど、一度も灯りが点くことはなかった」

「ふむ」塚原が眉間にしわを寄せた。考え込むときの、彼のクセだ。

「じゃあ、少なくとも大人はいないんだろう。でも、子供だけだったら？　小此木が実は幼児虐待をしていて、夜に子供を暗闇に放置しても気にしないとか」

「だったら、紙おむつを買ったりもしないだろう」

「それもそうか」

「うん。だから、紙おむつが必要になるほど小さな子は、アパートにはいないと思う。同棲している他人もね」

僕はもう一度立ち上がり、今度は戸棚からさきいかの袋と皿を持ってきた。開封して、皿に載せる。一本つまんで口に放り込んだ。

「同居していないんなら」塚原が話を再開した。「別居しているということがあり得るな。小此木本人の子供かどうかは別として、奴がつき合っている女性に子供がいる。その子のために、紙おむつを用意したとか」

「あり得るね」僕はうなずきながら否定した。「平日も週末も、それらしい他人との接触はなかったけど」

「この週末が、たまたま相手の都合が悪い日だったのかもしれない」

「そうかもしれない。でも、小此木は基本的に自転車で移動している。営業には社有車を使っているけれど、アパートまで乗って帰ったりしない」

塚原が怪訝《けげん》な顔をした。「それが、どうかしたか？」

「小此木が子連れの女性と交際していると仮定して、その女性がどこに住んでいるかを考えたんだ」

僕はそう答えた。「自転車で通える距離なら、相手の女性に何らかの用事があるときこそ、代わって子供の面倒を見るために、行かなければならないと思うんだ。もちろん相手の両親が来るとか、行きたくても行けない場合はあるけどね。相手に用事がなければ、子供のためでなく、自分のために会いに行くだろう」

「確かに、そうかもな」塚原が腕組みした。「自転車で通える距離なら、そうだ。通えない距離なら？」

「うん。ここで、プライベートで車を使えないという環境が影響してくる。電車で移動する距離であれば、わざわざこちらから紙おむつを買っていくかな。いくら特売だからといって、ひとつしか買わないのなら、わざわざ嵩張《かさば》る荷物を持っていくメリットは少ない。相手の家の近くにある店で買えばいいだけの話だ」

塚原がさきいかをつまんだ。よく噛んで飲み込む。

「いちいち、もっともな話だな。ということは、知っている子供のために買ったわけではないのか」

妙な言い方だった。僕が先を促すと、塚原は自信ありげに続けた。

「知らない子供のために買ったという可能性がある。知り合いに子供が生まれたから、出産祝いとして買ったんじゃないのか。俺の友だちに、出産祝いに紙おむつを贈った奴がいるんだ。実用一点張りで味も素っ気もないけど、相手が最も喜ぶプレゼントらしいぞ。お尻拭きが、同率首位だ」

「………」

僕は口を半開きにした。そんなこと、思いつきもしなかった。

「そんな可能性もあるか。それなら、ネット通販の方が簡単だと思うけど。あるいは、店頭から宅配便で送るとか」

「プレゼントなんだから、手渡しする方がいいと考えても、不思議はないだろう」

「そうだな」

言われてみると、それが正解である気がしてきた。でも、何かが引っかかる。理由を探したら、記憶の中から見つかった。

「ダメだ。小此木が買った紙おむつは、Lサイズだった。出産祝いなら、新生児用を買うだろう」

「なんだ」塚原がうなだれた。「それを、早く言え」

「申し訳ない」

謝りながら、僕は考える。自分の子供のためでも、知り合いの子供のためでもない。だったら、小此木はなぜ紙おむつを買ったんだろう。

「子供のためじゃないんなら」

同じことを考えていたのだろう。塚原が僕の思考をなぞるような発言をした。

「大人のためということかな。たとえば、小此木には夜尿症の気があって、自分が使うために買ったとか」

「違うと思う」速攻で否定した。「それなら、大人用のおむつを買うだろう。いくらL

サイズでも、大人はつけられない」

「じゃあ、プレイとか？　小此木には幼児プレイをする性癖があって、子供用の紙おむつを無理やり着けることで幼児になりきって、性的に興奮しているとか――」

「はいはい、わかったわかった」

あまりにもひどい仮説に、僕は途中で遮《さえぎ》った。

「だから、奴はアパートで一人だって言っただろう。相手もいないのに幼児プレイをやるのか？」

「相手とは、電話で話しているのかもしれない。あるいは、自分一人だけの楽しみだとか」

頭がくらくらしてきた。この男、本当に区役所の高齢者生涯学習担当なのか？

塚原が表情を戻した。「冗談はともかく」

冗談だったのか。

「紙おむつについてはわからないとしても、もうひとつの気になる方はどうなんだ？」

「もうひとつ？」

訊き返しはしたけれど、意味はわかっていた。塚原は丁寧に答えてくれた。

「過激派だよ。小此木は、まだ活動しているのか？　それとも、もう脱退して普通の社会人になっているのか？」

僕は小さく首を振った。

「正直、よくわからない。少なくとも、数日の監視の上では、それらしい人物との接触はなかった。昼間の営業活動の合間に、誰かに会っているかもしれないけど」

塚原はじっと僕の目を見つめてきた。

「それでも、決行には影響ないと」

僕は素っ気なくうなずく。

「ああ。僕にとって重要なのは、決行の際に邪魔が入らないかどうかだ。小此木が現役の過激派だろうがOBだろうが、きちんと殺せさえすれば、どうでもいい」

塚原が喉の奥で唸った。ビールを飲む。

「考えてみたら、依頼人はどうしてそんな情報をくれたんだろうな。小此木が学生時代、過激派に所属していたなんて」

「そうだな」僕は天井を睨む。

「僕たちは依頼人と会うことはないけど、伊勢殿からの情報を聞くかぎり、依頼人にはふたつのパターンがあるように思える。情報をできるだけ隠そうとする奴と、持てる情報をすべてさらけ出そうとする奴」

自らの経験を思い起こしたのか、塚原も首肯した。

「そうだな。情報を隠そうとするのは、理解できる。標的の情報を流すことは、ある程度自分の情報を流すことにもつながる。見知らぬ殺し屋に依頼するわけだから、隠そうとするのは当然だ」

「積極的に情報を出そうとする奴には、さらに二パターンあるな」僕が後を引き取った。

「ひとつは、殺し屋に確実に仕事をしてほしいから、そのために必要な情報を提供するというパターン。実務に徹した姿勢で、素晴らしいと思う。ありがた迷惑なところもあるけどね」

「もうひとつは？」

「もうひとつは、自らの正当性を主張するパターンだ。標的の悪いところをあげつらって、殺されて当然の奴だと言いたいわけだ。この場合、話が極端になったり虚偽が交じったりするから、かえって邪魔な情報になる。今回の過激派情報は、どちらかといえば、こっちに属する気がする」

だから聞かない方がよかった——僕はそう続けた。

「とはいえ、聞いてしまったものは仕方がない」

答えの出ない議論だということに気づいたのか、塚原が話をまとめに入った。

「決行に悪影響を出さないことだけを気にしてくれ」

「了解した」

塚原がビールを飲み干した。空き缶をガラステーブルに置いて立ち上がる。

「じゃあ、帰る」

「ああ」

塚原が事務所を出て行った。僕はソファに座ったまま、残ったビールを飲んでいた。

今まで請け負ってきた仕事でも、標的はなんらかの業《ごう》を抱えていた。もちろん、殺される原因が常に本人にあるとは限らない。それでも、多くの場合は本人にも他の人間とは少し違った点があることが多い。

今回の仕事においては、それがふたつある。過激派、あるいは元過激派であることと、一人暮らしなのに、紙おむつを買ったこと。どちらも、仕事には影響しないと思う。僕はプロだ。塚原に心配されるまでもない。小此木が買った紙おむつが、誰の小便を吸収しようが、殺害には関係ないのだ。

そこまで考えて、頭を何かが走り抜けた。

「待てよ……」

僕はソファから立ち上がった。事務机に向かう。パーソナルコンピューターは起動したままにしている。インターネットブラウザで天気予報のサイトを開いた。

「大和市の週間天気は、と……」

サイトによると、週の前半は晴れるものの、後半は雨模様になっていた。ということは、月曜日の夜は晴れているけれど、木曜日の夜は雨の可能性が高い。では、決行は月曜日の夜、明日だ。

月曜日の夜。午後十時過ぎに小此木が会社から出るのを見届けて、僕は彼のアパートに向かった。先週と同じように帰りがけに夕食を摂るのであれば、先回りできる。

僕はアパートの裏手に身を潜めた。裏手には塀があるし、自転車置き場のすぐ脇の部屋は、現在空き室になっている。他人に見つかる心配はなかった。

午後十時三十五分。小此木が帰ってきた。辺りに人の気配はない。今なら決行できるけれど、僕はまだ動かなかった。小此木が自室に戻っても、僕は待ち続けた。幸い、暑くも寒くもない。季節的に、蚊もまだ出てこない。張り込みするには最もいい時期だ。

さらに待つこと三十分。ドアが開く音が聞こえた。裏手から自転車置き場に移動する。そっと様子を窺うと、はたして小此木だった。左手にゴミ袋を提げ、右手でスマートフォンをいじっている。液晶画面の光が、下から顔を照らしていて、怪談のような顔になっている。

予想どおりだ。火曜日の朝のゴミ収集に備えて、月曜日の夜にゴミ出しをするつもりなのだ。周囲に人の気配はない。

今だ。

僕は手に持っていたスリングショット——本格派のパチンコ——を構えた。小此木めがけて撃つ。鈍い音がして、鉄球が小此木の額に命中した。

「ごっ！」

低いうめき声を上げて、小此木が頽《くずお》れる。僕はスリングショットをその場に置いて、音もなくダッシュした。あっという間に小此木の傍に到着した。手袋をはめた手でナイフを抜き出し、無防備の首を掻き切る。幾度も行った行為だ。失敗するわけがなかった。

頸動脈が切れたことは、感触でわかる。小此木の首筋から大量の血が噴き出した。これで小此木勝巳は、確実に死ぬ。

鉄球とスリングショットを回収して、バッグに入れる。ナイフはその場に捨てた。後はこの場を立ち去るだけだ。しかし、その前にやることがある。小此木が提げていた、ゴミ袋。半透明のゴミ袋は、薄暗がりの中でも中が透けて見える。僕は目を凝らして袋の中を確認した。

やっぱり。

ゴミ袋の中には、丸められた紙おむつが、いくつも入っていた。

それだけ確認すると、ゴミ袋には触らずに、小此木のスマートフォンを捜した。右手の脇に落ちていた。拾い上げて、またアパートの裏手に隠れる。手袋越しにスマートフォンを操作する。この手袋は、はめたままタッチパネルを操作できる生地でできているのだ。

幸いなことに、ロックはまだかかっていなかった。メールソフトを起動し、宛先のアドレスを入力する。神奈川県警のメール相談用アドレスだ。

『大至急、この携帯の持ち主の自宅を捜索することを勧める。大至急だ』

それだけ打って、送信した。スマートフォンをその場に捨てる。後は逃げるだけだ。人の気配は、やはりなかった。人気のないことを確認して、自転車置き場とは反対側からアパートを出た。

任務、完了。

「ゴミ袋に、使用済みの紙おむつが入っていた」

塚原が言った。「ということは、やっぱり自分で使ってたのか？」

火曜日の夜。塚原を事務所に呼んで、経過報告をした。

僕は片手を振りながら答える。

「別に、幼児プレイをしてたわけじゃないよ」

からかわれたと思ったのか、旧友は仏頂面《ぶっちょうづら》をした。「それは、わかってる」

こちらも表情を戻した。

「一昨日、ここで紙おむつについて話をしただろう。小此木は、何のために紙おむつを買ったのかと」

「そうだな」

「そのときは、結論が出なかった。塚原が帰った後には、考えること自体をやめることにした。どこかの子供だろうが、小此木本人だろうが、おしっこを吸収するのは同じだからと」

「富澤の言うとおりだ」

「ところが、ここで引っかかった」

塚原が目を見開いた。「引っかかった？」

「そう」僕は逆に目を細める。「紙おむつは、本来おしっこを吸収するものだ。子供の成長段階に合わせて、あるいは大人用に、入っている吸収体の量が違うだけで、本質には違いがない。でも、塚原との議論では、使う人間が思い当たらなかった。だったら、発想を変える必要がある。紙おむつは、本当におしっこを吸わせることが目的なんだろうか」

「えっ」塚原が返答に詰まる。「じゃあ、何が目的で……」

「吸収体は、相手を選ばない。液体が外に漏れないようにするのが紙おむつの機能ならば、おしっこだろうが、コップの水だろうが同じだ。僕は、小此木がなんらかの液体を処理する必要に迫られていたんじゃないかと考えた」

「何らかの液体」機械的に復唱する。「それなら、普通に捨てればいいじゃないか。流しでも、トイレでも。川に流しても、公園の木の根元でもいい――」

喋りながら、塚原の声が小さくなっていく。顔が強張った。「まさか……」

「そう」僕はうなずく。「その液体が、安易に捨ててはいけない種類のものだったら？」

「毒薬……」

「そうかもしれないと思った。毒薬ならば、下水にも川にも捨てられない。大騒ぎになる可能性があるからな。でも、紙おむつなら？　毒薬を紙おむつに吸収させて、ゴミの日に出す。毒物の種類にもよるだろうけれど、誰にも被害を出さずに焼却処分されるんじゃないだろうか」

「……」

「ここで思い出されるのが、小此木が過激派のメンバーだったということだ。真っ当な社会人生活を送っていたわけだから、ひょっとしたら抜けようとしていたのかもしれない。けれど、少なくとも現時点では、組織のアジトに入れる立場にあった。そこで、組織の計画を知ってしまった」

塚原が生唾を飲み込んだ。

「過激派が、大量の毒薬を使ってテロ事件を起こそうとしていた……？」

「小此木はまずいと思った。そんな事件を起こされたら、犯人が特定されないわけがない。仲間として、自分も罪に問われる。今さら組織なんてどうでもいいけれど、保身のために事件は防がなければならなかった。だから、毒薬をアジトから持ち去った。おそらくは、気づかれないように何度かに分けて」

小此木は、営業活動中にアジトに立ち寄ったのだ。平日の昼間であれば、アジトが無人になることを知っていたのだろう。小此木の通勤鞄は、大きく膨らんでいた。彼は毒薬の入った容器を通勤鞄に隠して帰宅したのだ。

「でも、他のメンバーがそれに気づいた」

ようやく思考が追いついてきたのか、塚原がいつもの口調で続けた。

「持ち去った犯人が小此木だと見当もつけた。けれど、彼を拉致して制裁を加えたり、アパートに不法侵入して毒薬を奪還することはできなかった。自分たちはテロ事件という大事業を目前にしている。小さな犯罪で警察を動かすことはできなかった」

「そこで、殺し屋の出番だ」

僕は自らを指さした。

「過激派が資金をどの程度持っていたのか知らないけど、少なくとも六百五十万円出せるくらいはあったんだろう。裏切り者の処分は外注に任せて、自分たちはテロ事件の準備に専念することにした。小此木と過激派とのつながりをわざわざリークしたのは、まさか過激派本人が依頼したと思わせないよう、煙幕を張ったつもりなんだろう」

「でも、富澤の方が一枚上手だった」

塚原がにやりと笑った。ポケットからスマートフォンを取り出す。なにやら操作して、液晶画面をこちらに向けた。ニュースサイトだ。

『昨夜神奈川県大和市で発生した、若い男性が自宅前で殺害された事件に関連して、神奈川県警は男性の自宅から青酸化合物が発見されたと発表した』

記事はそう伝えていた。そうか。青酸化合物だったか。青酸化合物は熱に弱い。焼却炉で無毒化できる。小此木の判断は、正しかったのだ。

「富澤が通報したのか？」

「ああ。過激派の方が先に事件を知って、残った毒薬を回収されたら、たまらないからな。小此木はゴミ捨てに出ただけだから、玄関の鍵は開けたままだっただろう。誰にでも入ることができたはずだ。だから大至急と強調しておいたんだけど、警察は本気にしてくれたようで助かった」

話しながら、塚原の表情が変わっていくのがわかった。皮肉な笑いを浮かべたのだ。

「殺し屋が、警察に協力したのか」

僕はあっさりと答える。「うん」

「自分は人を殺して報酬を得ながら、他人の殺人は許せないか」

「だからだよ」

僕の回答に、塚原は瞬きした。「えっ？」

「過激派の連中が画策したのは、テロによる大量殺人だ。それは防がなければならない。社会のためじゃなくて、僕自身のために」

「……」

塚原は答えない。話が理解できないというふうに。僕は静かに言った。

「塚原。今の日本で、殺し屋に、なぜ存在意義があると思う？」

「存在意義？」

「人の命が、大切だからだよ」

僕はきっぱりと言った。

「人の命が大切だからこそ、簡単には奪えない。そこに殺し屋が存在する意味が生まれる。簡単に奪えない命を、特殊技能によって奪うという専門職の存在意義がね。でも、日本がテロ事件が頻発する国になったら、どうなる？　人死には日常茶飯事になる。命が軽くなるわけだ。だったら、わざわざ高い金を払って他人に殺してもらう必要はなくなる。自分で殺せばいい。命が軽くなるとは、そういうことだよ。そうなってしまったら、こっちはおまんまの食い上げだ。僕は僕の生活のために、警察に通報した。ただ、それだけのことだよ」

僕は塚原に微笑んでみせた。屈託のない笑顔で。

「連絡係のおまえも、その方がいいだろう？」

# 同伴者

中年女性は、眼鏡の厚いレンズ越しに、私を睨みつけた。

「というわけで、高頭衣梨奈《たかとうえりな》を許すわけには参りません。殺害していただけますね？」

取って食わんばかりの勢いだけれど、即答することはできない。私は片手を挙げて、相手の勢いを削いだ。

「それは、殺し屋の判断することです。殺し屋に依頼内容を伝えてから三日以内に返事が来ます。今日はもう遅いですから、殺し屋への連絡は明日になります。四日後にあらためていらしてください」

「四日」

四十年と聞こえたような顔をする。しかし文句を言っても意味がないと理解したのか、不承不承といった体《てい》で首肯した。

「わかりました。四日待っていればいいのですね？」

「はい。もっと早く結果が出たら、ご連絡いたします。予約の際にうかがった電話番号でよろしいですか？」

「はい」

中年女性が即答した。隣に座る若い男性に確認をとることもない。

若い男性は、中年女性の剣幕に口を挟めないといったふうに、ただ黙って座っていた。

彼らの説明によれば、標的である高頭衣梨奈から被害を被ったのは、彼自身らしいのに。

中年女性が立ち上がった。見えない糸に引っ張られるように、若い男性も立ち上がる。

「あらためてお願いします。衣梨奈を、殺してください」

まるで軍人のような回れ右をして、中年女性がドアに向かう。慌てた様子で若い男性もついていく。重いドアが開かれ、そして閉じられた。

来客がいなくなってから、私はそっとため息をついた。

やれやれ。

殺し屋への殺害依頼に母親が同伴してくるとは、世も末だ。

＊＊＊

内線電話が鳴った。

受話器を取る。「はい」

『十九時の予約で、院長先生ご指名のお客様がいらっしゃいました』

「わかった。こっちの診療室にお通ししてくれ」

『かしこまりました』

受話器を置いて、執務室から院長専用の診療室に向かう。

東京は神田にある、芥川《あくたがわ》歯科医院。駅から比較的近くてアクセスに便利なことから、安定した数の患者がやってくる。

もちろん立地だけではない。出身大学の人脈を活かして、若くて優秀な歯科医を雇っているから、治療後の口コミも患者を引き寄せるのだ。彼ら若手は、いずれ独立してこの歯科医院を巣立っていく。そうしたら、また新しい若手を補充する。日本国内では歯科医も歯科医院も過剰で、喰っていけない歯科医は増えてきている。しかしここに限っては、そんな心配とは無縁だった。

治療はもう若手に任せて、医院経営に専念してもいいのだけれど、そういうわけにもいかない。患者の中には、わざわざ院長である私を指名して予約を取る人たちがいるのだ。

理由は三つある。ひとつは、私自身が腕のいい歯科医であること。若手だって、藪医者の下では働きたくないだろう。院長である私の技術が信頼されているからこそ、彼らは来てくれる。指名してくる患者は、私の評判を聞きつけて、当院を選んでくれるのだ。

もうひとつは、先ほど言及した人脈。同じ大学出身の知り合いたちが、これはという患者に私を紹介するのだ。芥川歯科医院は、保険適用内できっちりした仕事をすることで評判が高い。しかしそれだけではなく、保険適用外の最新治療を施す設備も保有しているのだ。主に社会的地位の高い患者が、金に糸目を付けずに最高の治療を受けるために、当院にやってくる。そして最新の設備を扱えるのが、私なのだ。

そして最後の理由は、公にできない口コミでやってくる人たちがいること。今日の来訪者が、それに当たる。

ノックの音がした。返事をすると、院長専用診療室のドアが開き、歯科衛生士が予約客を連れて入ってきた。

「どうぞ」

来訪者を診療室に入れる。失礼しますと言って、歯科衛生士が退出した。

来訪者を見て、私は瞬きした。おやおや。二人で来たぞ。

一人は、中年女性だった。四十代半ばくらいに見える。身長は平均的だ。顔が細く、目も細い。漫画に出てくる教育ママのような眼鏡をかけている。仕立てのいい服を身にまとっていた。女性服には詳しくないけれど、おそらくは高級ブランド品なのだろう。

もう一人は若い男性。こちらは二十代前半から半ばといったところか。後半にはなっていない。スーツ姿が板についているから、社会に出ていると想像できる。身長は平均よりはやや低い。隣の女性と同じように目が細かった。

私は丁寧にお辞儀をした。

「院長の芥川です。本日は、歯の治療ですか？」

ここは歯科医院なのだから、奇妙な質問に聞こえるだろう。それでも来訪者たちは怪訝な顔をしなかった。女性の方が口を開く。

「いいえ」

はじめからわかっていた答えだ。私はうなずく。

「わかりました。では、こちらに」

診療室から、奥の執務室に案内する。応接セットのソファを勧めた。二人は並んで腰掛けた。

冷蔵庫からペットボトルの緑茶を出して、来訪者の前に置いた。自分も対面に腰掛ける。

「本来ならスタッフに熱いお茶を淹《い》れさせるのですが、他の人間に入ってきてほしくないでしょう？」

語尾は質問口調だったけれど、質問ではない。来訪者たちも、小さく顎を引いただけだった。

手元の予約票を取り上げる。

「藤倉篤宏《ふじくらあつひろ》さん。受付で健康保険証を出していただいていますが、本人確認できるものは他にお持ちですか？」

「あっ、はい」

若い男性が左の内ポケットから財布を取り出した。中から運転免許証を出して、テーブルに置く。そのままの状態で、記載内容を確認する。名前と顔写真。写真は目の前の男性のものだったし、氏名欄にも藤倉篤宏とある。手を伸ばして運転免許証を裏返した。裏面には記載内容変更の記録はない。

「ありがとうございました」

若い男性──藤倉篤宏が運転免許証をしまう。私は隣の女性に視線を移した。「あなたは？」

「母です」

中年女性が短く答える。私はまた瞬きする。複数で依頼に来る連中は今までにも経験があるけれど、母親同伴というのははじめてだ。

私は部屋の中を見回した。

「ここは完全防音になっています。私が呼ばないかぎり、誰も入ってきません。心置きなく話をしていただくことができます」

あえて来訪者の目を見なかった。「ご用件をお伺いいたしましょう」

口を開いたのは、藤倉篤宏ではなく、その母親の方だった。

「お仕事を、お願いしに参りました」

「写真を、お持ちですか？」

私は尋ねた。依頼人に、殺害してほしい相手を明確にしてもらうためだ。人間は時折、とんでもない勘違いをすることがある。

母親が息子に目配せする。藤倉篤宏は、今度は右の内ポケットから定期入れを取り出した。彼は、何でもポケットにしまうタイプのようだ。日常生活には便利だけれど、スーツのあちこちが膨らんでしまい、見た目はよくない。スーツ自体もそれほどいい品ではなさそうだから、外見に気を遣わない性格なのかもしれない。

藤倉篤宏は定期入れから写真を抜き出した。運転免許証と同じようにテーブルに置く。

写真には若い女性が写っていた。証明写真のようなバストショットだ。背景は白。黒っぽいスーツを着ていて、濃い栗色の髪を肩まで伸ばしている。左胸に見覚えのあるエンブレムがついているけれど、何のエンブレムかは思い出せない。レンズを真っ直ぐに見つめているから、顔だちがよくわかる。スーツ姿のためか派手な印象はないものの、かなりの美貌だった。

「高頭衣梨奈という、スーツ屋の店員です」

スーツ屋という表現に、見下したような印象を受けた。

「たかとう、ですか」

聞き返しの意味を理解したのだろう。「写真の裏に漢字で書いています」

写真を裏返す。『高頭衣梨奈』と几帳面な字で書かれてあった。姓も名も、珍しい字面だ。

中年女性が目を光らせた。

「この女を、殺していただけませんか?」

私は視線を写真から中年女性に移した。

「私が手を下すわけではありません。私は、ただの連絡係です。あなた方のご依頼を、殺し屋に伝える。殺し屋が引き受けると決めたら、その旨をあなた方に連絡する。そんな役割です」

目の前の二人は、虚を突かれたような顔をした。どうやら、歯科医の私が、副業で殺し屋をやっていると思っていたらしい。これもまた、よくある勘違いだ。

「依頼のルールはご存じですか?」

中年女性が曖昧にうなずく。

「料金が六百五十万円ということくらいしか」

「それは正確な情報です」私は答える。「先ほど申しましたとおり、私は連絡係に過ぎません。あなた方は、殺し屋と直接会うことはありません。お互いの安全を守る上で、必要なやり方です」

相手の反応を待つことなく、私は先を続ける。

「加えて言えば、私と殺し屋の間に、もう一人連絡係が挟まっています。私は、もう一人の連絡係に、依頼人に関する情報を与えません。ですから、殺し屋はあなた方の素性を知ることはありません。仕事の後、あなた方が殺し屋から恐喝に遭うことはないのです」

「……………」

「同じことが殺し屋にもいえます。私はもう一人の連絡係から殺し屋の情報を聞いていません。あなた方は殺し屋の素性を知ることができませんから、殺し屋が道具として使われた後、警察に売られる心配をすることもありません。依頼人と殺し屋、その双方が安心して取引できる。そんなシステムなのです」

研究の世界には、二重盲検法という実験方法がある。

たとえば新薬の効果を確認する際に、片方のグループに新薬を、もう片方のグループに見た目がまったく同じ偽薬を与える。二つのグループの差を観察することで、新薬に効果があるかどうかを判断するのだ。

もちろん被験者には、自分が飲んでいるのがどちらなのか教えない。けれど実際に被験者に接する担当者が答えを知っていると、態度や言葉に出てしまう心配がある。そのことが、結果に影響を与える危険があるのだ。

そこで、被験者に接する担当者にも、どちらがどちらか教えないようにする。そうすることによって、完全に公正な試験結果を得ることができる。このような実験方法を、二重盲検法という。二重盲検法を用いなかった研究論文を、まっとうな学術誌が掲載することは、まずあり得ない。

連絡係を二人挟むことによって、殺し屋に接する連絡係が依頼人の情報を持つことがなくなり、依頼人に接する連絡係が殺し屋の情報を持つこともなくなる。双方にとって安全なこのシステムは、二重盲検法に似ている。私ともう一人の連絡係が発案した。

「殺し屋が引き受けると決めたら、銀行口座をお教えします。その口座に、前金として三百万円を振り込んでいただきます。入金が確認できてから通常二週間以内に、殺し屋は実行します。そうしたら、残金を振り込んでください」

「残金」中年女性が繰り返す。「四百五十万円ですか」

「いえ、三百五十万円です」

中年女性の顔に朱が走った。「失礼しました」

無理もない。この女性だって、おそらく殺し屋に殺人依頼をするのははじめてだろう。緊張して暗算を間違っても仕方のないことだ。

私は話を続けた。

「残金の入金を確認できれば、取引は終了です。領収書は出ませんし、現金振り込みならば、あなた方の口座に送金記録が残ることもありません。安心してご利用いただけます」

支払システムもまた、公正なものだろう。もし殺し屋が前金を受け取って逃げてしまったら、依頼人は表の顔たる私に対応を要求することができる。一方殺害実行後に依頼人が残金を支払わなかった場合、依頼人の素性を知っている私が対応できる。少なくとも、私が連絡係を始めてから、支払いを巡るトラブルが起こったことはない。

私は写真を手に取った。

「高頭衣梨奈さんの勤務先を、正確に教えていただけますか?」

また中年女性が答える。「ミルバーンの銀座店です」

ミルバーンといえば、英国の高級紳士服ブランドだ。そう聞いて思い出した。高頭衣梨奈がつけているエンブレムは、ミルバーンのものだ。高級ブランドの女性店員は、よくこういった黒系のスーツを着ている。ということは、仕事着なのだろう。銀座というくらいだから、日本における旗艦店だと推察できる。そのような店で働いている以上、高頭衣梨奈が優秀な販売員であることは、容易に想像がつく。藤倉篤宏の母親が言うような、単なる「スーツ屋の店員」ではない。

「ひどい女なんです」

中年女性が低くこもった声で言った。

「息子を騙《だま》して婚約させて、散々貢がせた挙げ句に、ちょっとしたことで『婚約したときに虚偽の申告があった』と言って一方的に破棄したんです。どうせ今頃、他の男を相手に同じことをやっているに違いないわ！」

憎悪をむき出しにした口調。まるで目の前の私が、高頭衣梨奈本人と思っているかのようだ。

「あんな女、いない方がいいんです。早く、殺してください！」

言葉がそのまま銃弾と化したかのようだ。しかし今まで数々の依頼を受けてきた私は動じない。というより、馬耳東風で聞き流していた。殺し屋には依頼の動機は伝えないルールになっているから、真面目に聞いても意味がない。依頼人に同調するのではなく、ビジネスについて話した。

「殺害依頼には、オプションを付けられます。ただ殺害するだけでなく、なんらかの条件を付けたいときに、追加料金を支払えば受けてくれることがあります。今、早くとおっしゃいましたが、通常の料金の他に、特急料金をお支払いになりますか？」

中年女性が鼻白んだ風にのけぞった。

「いえ、そこまで急いでいただく必要はございません。二週間以内ということでしたら」

「特急料金はお付けにならない」私は復唱する。「他にご希望はありますか？　殺害方法ですとか、何か。内容によっては、やはり追加料金を支払えば、お受けできることがあります」

いえ、特にはという返事。私は立ち上がって、デスクから封筒を持ってきた。高頭衣梨奈の写真を入れる。

「この写真は頂戴いたします。殺し屋に渡しますが、いいですね？」

「はい」答えて二人とも立ち上がる。ペットボトルの緑茶には手を付けなかった。中年女性が双眸《そうぼう》に憎悪の炎を燃え上がらせた。

「あらためてお願いします。衣梨奈を、殺してください」

「お疲れさまです」

夜十時。自宅にしている都内のマンションに、塚原俊介がやってきた。

「遅くに、悪いね。明日も仕事なんだろう?」

「まあ、平日ですからね」

塚原は区役所勤務の地方公務員だ。私は公務員にソファを勧め、自分は冷蔵庫に向かった。缶ビールを二本取り出す。ちょうどいいことに、スモークタンが残っていた。スライスしたものが真空パックにされているから、開封してそのまま皿に載せる。フォークと共にテーブルに置いた。いい歳をして独身だから、このようなことも自分でやらなければならない。

「おいしそうですね」

「イベリコ豚って書いてあったから、おいしいんじゃないかな。もらいものだけど」

「遠慮なく、いただきます」

缶ビールを開けて、ひと口飲んだ。スモークタンをつまむ。よく噛んで飲み込むと、塚原はあらためてこちらを見た。「至急の呼び出しってことは、依頼ですか」

「そう」

塚原は、殺し屋側の連絡係だ。私が依頼内容を塚原に告げ、塚原が殺し屋に伝える。依頼人には、四日間の猶予をもらっている。依頼人の気持ちを考えたら、早く伝える方がいい。塚原もそれをわかっているから、急な呼び出しに飛んできたのだ。

執務室から持ち帰った封筒を塚原に渡す。受け取った塚原が、中から写真を抜き出した。

「それが標的だ。高頭衣梨奈という名前らしい」

塚原が写真を受け取り、じっと眺めた。顔を上げる。

「美人さんですね。何をしている人なんですか？」

「ミルバーンの銀座店で働いているとのことだ」

塚原が怪訝な顔をした。「ミルバーンって？」

塚原は私以上にブランドものに詳しくない。確かに、彼の社会人男性としては長めの髪と精悍《せいかん》な顔だちは、ブランド品よりも迷彩服の方が似合いそうだ。スマートフォンを取り出す。操作しながら、塚原に説明してやった。

「ミルバーンというのは、イギリスの紳士服ブランドだよ——ほら」

スマートフォンの画面を塚原に向けた。ミルバーンのホームページだ。店内風景の画像がある。店内で接客している女性店員は、みな高頭衣梨奈と同じスーツを着ていた。

「どうかな。殺し屋さんは、引き受けてくれるかな」

「そうですね」塚原は写真をテーブルに置いた。「この写真に写っているのが本当に高頭衣梨奈という人物で、本当にミルバーン銀座店に勤務していたら、引き受けると思います」

いつもどおりの質問に、いつもどおりの答え。いつもと違っているのは、私を見る塚原の目が笑っているように見えたところだ。

「どうした？」

「だって」普段は大きな目を、三日月のようにしている。「芥川さんが面白がっているように見えますから」

「面白がっているって」私は自らの頬を撫でた。「私が?」

「ええ」

塚原の観察力は侮《あなど》れない。彼がそう指摘した以上、私は面白がるような顔をしているのだろう。心当たりはひとつしかない。私はビールをひと口飲んだ。

「ルールでは、私は君に依頼人の情報を与えないことになっている」

「なっていますね」

「依頼人から殺害依頼の動機を聞いても、君には伝えないことになっている」

「そのとおりです」

殺し屋にとって、依頼人の動機など遂行の邪魔になるだけですから——塚原はそう続けた。

「そうだね。だから、君に依頼人の素性を明かすことはできない。でも、ぼんやりと為人《ひととなり》を伝えるのはいいだろう。今回の依頼を受けたのは、ついさっきだ。今日の夜七時。依頼人は、若い男性だった。でも、ただの男性ではない。母親付きだったんだ」

塚原が三日月だった目を円に戻した。「母親付き?」

「そう」ビールを飲む。「依頼人は、母親同伴でやってきたんだよ。健康保険証を持って予約したのは男性の方だから、彼が依頼人なのは間違いない」

「そういえば」塚原が思い出したように口を挟んだ。「芥川さんは、依頼人の身分を明かさせるために、健康保険証の提示を求めてるんでしたね」

「ああ。何といっても歯科医院だからね。自然な形で身分証を持参できる。もっとも健康保険証には顔写真がついていないから、運転免許証とかパスポートとかの提示もお願いしている。複数の身分証明書での確認は、基本だな。それはそれとして、依頼人は確かに男性の方なんだけど、依頼の際にはもっぱら母親が話していた。肝心の息子は、母親の剣幕に押されたように、ただ黙っているだけだった」

「それはそれは」塚原が大げさに驚いて見せた。「依頼人は、いわゆるマザー・コンプレックスというやつですかね」

　私はスモークタンを口に放り込みながらうなずく。

「本人がどうかは別として、少なくとも母親は子離れができていないように見えた。動機にしても『本当に息子さんが殺したいと思ってるの？』という感じだったし」

「といいますと？」

　スモークタンを飲み込んで、私は話を続ける。

「依頼人、正確にはその母親の話によると、高頭衣梨奈は結婚詐欺師らしい。依頼人と婚約して、散々貢がせた挙げ句に、相手の瑕疵《かし》を言いたてて婚約破棄する。もちろん婚約者に逃げられた本人も傷ついたんだろうけれど、どちらかといえば怒り心頭なのは母親の方だ。家が恥をかかされたと思ったのか、溺愛する息子を傷つけた相手に純粋に怒っているのか。それはわからないけれど、少なくとも六百五十万円支払ってでも、高頭衣梨奈にその命で償ってもらう必要があると考えたようだ」

「うーん」塚原が宙を睨んだ。「法律には詳しくありませんが、結婚詐欺って、立証が難しいような気がします。民事訴訟で損害賠償請求するのも大変そうです。泣き寝入りしたくない金持ちが私的な制裁に走るってのは、いかにもありそうですね」

「そうかもな」

「殺人に関わっている以上『そんな動機で殺すなんて』とは言いません。どんな動機だろうと仕事をくれるだけ、ありがたい話ですから。でも――」

塚原がニッと笑った。

「判断力に乏しいマザコン男が美人の結婚詐欺師に引っかかって、本人以上に母親が怒り狂って、殺し屋に依頼ですか。道理で芥川さんが面白がるわけだ」

「別に、面白がってるわけじゃないよ」

こうやって整理されると、確かに呆れかえるような面白さがある。かといって、依頼人担当の連絡係としては、露骨に面白がるわけにはいかない。ごまかすためにビールを飲んだ。それで一本目が空になったから、冷蔵庫から新しく二本取り出した。一本を塚原に渡す。すでに飲み干していたらしく、受け取ってすぐに開栓した。

「しかも自分が依頼するのではなく、あくまで被害を受けた息子が依頼する形にするあたり、自分では息子に始末をつけさせているつもりなんでしょうね。高頭衣梨奈が犯意のある結婚詐欺師かどうかは知りませんが、もしそうならタチの悪い相手を引っかけたものです。おかげで、命を失う羽目になる」

「タチの悪い相手を引っかけた、か……」

まなじりを吊り上げた中年女性の顔を思い出すと、確かにそう思える。納得しかけた瞬間、脳に何かが触れた。

あれ？　今のは何だ？

触れたのは、違和感だ。納得しかけた理性を、もうひとつの理性が引き留めた。そんな感じだった。

高頭衣梨奈が説明どおりの結婚詐欺師だったとしても、まさか騙した相手が殺し屋を雇うとは考えない。身から出た錆《さび》ではあるのだけれど、まさしく相手が悪かったといえる。塚原のコメントは正しい。それなのに、この違和感は一体何なんだろう。

「――芥川さん？」

塚原の呼びかけに、我に返った。自分の思考に沈み込んでいたらしい。私は来客に微笑んで見せた。

「すまない。ちょっとボーッとしていたようだ。歳を取ると、夜に弱くなっていけない」

言いながら、テーブルに置かれている高頭衣梨奈の写真を取った。

「この写真は殺し屋さんに渡すけれど、一応コピーを取っておこうかな」

塚原が瞬きした。「証拠品を取っておくんですか？」

万が一のときに、身を滅ぼす元なのに——もう一人の連絡係の顔は、そう告げていた。

私は軽く手を振る。

「済んだら、すぐに処分するよ。これほどの美女には、滅多にお目にかかれないからね。もちろん接触することはないけれど、今度客としてミルバーンに行って、現物を拝んでこようかな。他の店員さんにも、美人がいるかもしれないし」

塚原が困った顔で笑った。「まだ遊び回ってるんですか」

「遊び回ってるとは、人聞きの悪い」私は傷ついた表情を作った。「私は独身だよ。いくつになろうが、恋愛する権利はある」

「身を固める気はありませんか」

「ないね。今の生活が気に入っているんだ」

塚原が頭を振った。「まったく、プレイボーイなんだから。まさしく『昔、男ありけり』ですね」

「よしてくれ。こっちは、そんな高貴な生まれじゃない」

デスクサイドにある複合機で写真のカラーコピーを取る。元の写真は、あらためて封筒に入れて塚原に手渡した。塚原が通勤鞄にしまう。立ち上がった。

「殺し屋に話すのは明日になります。ちょっとの間、待っていてください」

「承知した」

塚原は玄関で靴を履いて、あらためてこちらを見た。切れ味鋭い笑顔を浮かべる。

「では、帰ります。お年を召された伊勢殿は、早めに休んでください」

『十九時の予約で、院長先生ご指名のお客様がいらっしゃいました』

受付が、内線電話でそう告げた。院長専用の診療室に案内するよう指示すると、まもなく若い男と中年女性が入ってきた。

依頼から三日経っていた。見込みより一日短縮されたわけだ。塚原が抱えている殺し屋は、仕事が早い。

診療室のドアがきちんと閉まっていることを確認してから、隣接する執務室に案内する。ソファを勧めてペットボトルの緑茶を出した。三日前と同じだ。

「わざわざお越しいただき、ありがとうございます」

まずは丁寧に挨拶した。殺人依頼に関するやりとりを、証拠の残る電子メールや、誰が聞き耳を立てているかわからない電話で済ませるわけにはいかない。どうしても直接足を運んでもらう必要がある。それがわかっているから、来訪者は不満げな顔をしていなかった。

中年女性が身を乗り出した。

「それで、ご返事はいかがでしたでしょうか」

「はい。その件ですが、引き受けるそうです」

中年女性の顔がぱあっと明るくなった。隣の若い男性、藤倉篤宏は安堵《あんど》の表情。私は事務的に話を進める。

「今から報酬振り込み用の銀行口座をお教えしますから、そこに前金三百万円を振り込んでください。入金が確認でき次第、殺し屋が原則二週間以内に実行します」

「すぐ振り込みますわ」

ずいぶんと軽く言うものだ。三百万円といえば、人によっては年収のレベルで語られる金額だというのに。

「では、口座番号を」

掌を前に突き出しかねない勢いだ。私は曖昧にうなずくと、再度口を開いた。

「もちろん、すぐにお教えします。でもその前に、ひとつだけ教えていただけませんか」

「何でしょうか」

私は前もってテーブルに置いてあった封筒を手に取った。中から写真のコピーを取り出す。標的として渡された、高頭衣梨奈の写真。二人の前に置いた。

「この写真を、どうやって手に入れられましたか?」

二人の動きが止まった。

たっぷり五秒間はそのままでいただろうか。ようやく中年女性が口を開いた。

「……どうして、そのようなことを?」

「妙だと思ったんです」

私はテーブルの写真を指さす。

「この写真は、カメラ目線です。被写体が、撮られていることを自覚しているわけですね。そんな写真を藤倉さんが持っていること自体は、不思議はありません。今は破棄されたとしても、かつては婚約していたのであれば、たまたま相手の写真が手元に残っていたということは、十分あり得るでしょう」

「だったら――」

「でもそれは、普通のスナップ写真の場合です」私は依頼人の言葉を遮った。「バストアップの構図で、背景は白。街の証明写真機を使ったものではなさそうですが、それに近い用途で撮られたことが想像できます」

私はここで写真から来客へと、視線を移した。

「高頭衣梨奈さんは、勤務先の制服を着ています。高級紳士服を扱うミルバーンですから、従業員が着ているスーツも、それなりのものでしょう。単純に貸与して、あるいは買わせて通勤服に使わせるとは思えません。通勤ラッシュに揉まれると、服はすぐに傷みます。くたくたになったスーツで接客対応させるはずがありませんから、従業員は私服で通勤して、店の更衣室でスーツに着替えると想像できます。つまり、職場以外で制服のスーツを着ることはありません。そう考えると、いくら親しくても、勤務先の制服を着た証明写真を手に入れる機会がないんです」

塚原と話していたときに抱いた違和感の正体がこれだ。ビジネスライクな証明写真とプライベートな婚約という言葉がうまく嚙み合わなかったのだ。

「藤倉さん」

藤倉篤宏の身体が震えた。

「高頭衣梨奈さんの写真を、どうやって手に入れましたか?」

「そ、それは」藤倉篤宏の声が喉に引っかかった。ペットボトルの緑茶を取り、スクリューキャップを開けて中身を飲んだ。

「高頭さんにもらったんです」

「ほう」私はわざとらしく言った。「『高頭さん』ですか。いくら破棄したとはいえ、婚約までした相手を名字で呼びますか。『衣梨奈』とか『衣梨奈さん』とか、あるいは『あいつ』とか呼ぶのが自然な気もしますが」

藤倉篤宏が自らの口を手で押さえた。中年女性が非難するような目で「息子」を見る。

私はそんな二人を、できるだけ冷ややかにならない目で見つめた。

「藤倉さん。高頭衣梨奈さんが元婚約者というのは、嘘ですね」

「あ、いや」また声が引っかかる。「いえ、そんなことはありません。僕は、たか、いや、衣梨奈に騙されて……」

こんな状況なのに、思わず噴き出しそうになってしまった。塚原は藤倉のことをマザコンと表現したけれど、私の目には単なる未熟者に見える。

私は藤倉の否定を聞いていなかった。隣に座る中年女性に話しかけた。

「そしてあなたは、藤倉さんの母親ではありませんね」

中年女性は答えなかった。その代わり、キリッという音が聞こえた。女性が唇を強く噛みしめたからだ。

「……どうして、そう思われるんですか？」

見当違いの質問を嗤《わら》うのではなく、真剣に答えている。その事実が、私が真相を突き止めたことを表していた。

私は三日前と同じく、執務室を見回した。

「私は、殺人の依頼を受ける際、依頼人の身元を確認するようにしています。依頼人が警察に通報することや、支払いを巡るトラブルを、未然に防ぐためです。でも、中には自分の素性を隠したい人もいることでしょう。そんな人が、匿名で依頼しようとしたら、どうすればいいでしょうか」

私は二人の来客を等分に見た。

「別の依頼人を立てて、その同伴者としてやってくればいいんです。標的と何の関わりもない人間を依頼人にしておけば、万が一のときにも尻尾をつかまれにくくなりますし、なかなかいい手段だと思います」

二人とも、何も言わなかった。ただ表情を固めて、その場に座っていた。

「わたしたちが、そうだとおっしゃるのですか？」

数秒経って、女性が口を開いた。私はうなずいた。

「この前お越しいただいたとき、気になることがあったんです」

「気になること？」

「ええ。あなたは、料金が六百五十万円だと知っておられた。それなのに、前金三百万円と聞いたときに、残金が四百五十万円だとおっしゃいました。計算が合いませんよね。そのときは緊張していて暗算を間違えたのかと思ったのですが、その後のあなたの剣幕を聞いていると、とても緊張しているふうには見えませんでした。だとすると、あなたの頭の中では、合計で七百五十万円必要と考えていたことになる。殺し屋に支払う六百五十万円以外に必要な百万円とは、一体何なのか。私は、他人に依頼人になってもらうための費用ではないかと考えました」

私は視線を藤倉篤宏に向けた。

「百万円は、成功報酬ですか？」

質問だけして、後は黙った。執務室に、重い沈黙が落ちる。そのまま待っていたら、藤倉篤宏が耐えられなくなった。がっくりと頭《こうべ》を垂れる。

「そうです。高頭衣梨奈が死んだら、受け取る約束でした」

中年女性がものすごい形相で藤倉篤宏を睨んだが、共犯者が自白した以上否定しきれないと悟ったのだろう。深いため息をついた。

「なるほど」抑揚をつけずに言った。「あなた方がどのような関係かは存じませんが、若い藤倉さんに依頼人になってもらったから、親子ということにしたのですね。そして『母親』が主導権を握って依頼するためには、子離れできていない母親像が最適だった。

高頭衣梨奈さんを殺害する動機についても、そんな設定から組み立てたのですね──

中年女性は、なかなか腕のいいシナリオライターだ。塚原が言ったように、絵面《えづら》があまりにも綺麗にはまっていたから、うっかり信じそうになってしまった。

「しかし本当の依頼人は藤倉さんではなかった。私たちのルールでは、依頼人には身分証明書の提示を求めています。お出しいただけますか？」

中年女性は返事をしなかった。身動きひとつせずに私を見つめていた。目ではなく、胸元を。

私は返事を待たずに、もうひとつ質問することにした。

「あなたは、どうやってこの写真を手に入れたのでしょうか。先ほどお話ししたように、親しい人間でも手に入れる機会はなかなかないタイプの写真です。どのような状況で誰が撮ったのか。真っ先に考えつくのは、職場の関係者です。たとえば社員証作成のための写真だったりしたら、全員が制服を着て撮るでしょう。電子データの方が使い勝手もいいですから、街の証明写真機ではなく自分たちで撮影しても不思議はありません。では、あなたはミルバーンの関係者でしょうか。私は違うのではないかと思いました。なぜなら、藤倉さんでなくあなたこそが、高頭衣梨奈さんのことを『衣梨奈』と呼んだからです」

ぶるり、と中年女性の身体が震えた。

──あらためてお願いします。衣梨奈を、殺してください。

面会の最後の方で放たれたひと言。そのときは聞き流していたけれど、疑いを持ってしまってからは大きな意味を持ってきたのだ。

「年齢の離れた同性を、名前で呼ぶ。たとえば同じ職場であれば、そういうこともあるでしょう。でも、第三者に対して使う呼び方ではありません。ましてや、殺人の依頼です。それなのに『衣梨奈』と呼び捨てにしてしまったのは、それ以外の呼び名を使っていないからではないか。わたしはそう考えました」

私は決定的な質問をした。

「あなたは、高頭さんというのではないですか？」

中年女性を支えていた糸が切れた。肩を落としたのだ。のろのろとした動作でブランドもののハンドバッグを開け、ブランドものの財布を取り出した。中から運転免許証を取り出す。高頭直子《なおこ》。氏名欄には、そう記載されていた。

「衣梨奈さんは、娘さんですか？」

中年女性――高頭直子はうつむいたまま答える。「はい」

「あまり似ておられないようだ。まだ、藤倉さんの方がイメージが近い」

「わたしは、衣梨奈が生まれた後に、高頭の家に入りましたから。それに――」ようやく顔を上げた。「藤倉さんは、息子といっても納得してくれそうな顔だから、声をかけたんです」

そこまで考えて行動したのか。私は純粋な気持ちで高頭直子を賞賛する気になった。

写真についても納得がいく。高頭直子は娘がいないときに部屋に入って、できるだけ家族と縁のなさそうな写真を選んで抜き取ったのだろう。休日の通勤鞄を漁《あさ》ったら、この写真が出てきた。おそらくは、そんなところだ。

同時に私は、高頭直子が標的に関する情報に勤務先を選んだ理由も理解していた。標的の自宅には、自分も住んでいる。接点をなくしておきたいという心理が働いたのだ。

高頭直子は、再びその両眼に憎悪を燃え立たせた。

「おっしゃるとおり、衣梨奈が結婚詐欺を働いたというのは、作り話です。でもあの子は、それ以上にひどいことをやろうとしているんです」

「といいますと？」

「あの子は、わたしを追い出そうとしているんです。夫に、あの子の父親にあることないことを吹き込んで。夫は娘を溺愛していますから、このまま行けば、わたしは高頭の家を追い出されてしまうでしょう」

「だから、先手を打ったと」

私はコメントした。高頭直子は先ほどから「高頭の家」という表現を使っている。嫁入りしたという以上の、名家を思わせる言い方だ。高頭直子の服装や持ち物から考えても、資産家だということは簡単に想像がつく。娘は折り合いの悪い義理の母親を追い出して財産を独占しようとし、後妻の方はせっかく手に入れた生活を手放したくないから、戸籍上の娘を殺害しようとしている。普通のサラリーマン家庭に生まれて、努力で今の地位を築いた私には、あまり関わり合いになりたくない世界だ。

もちろん、関わり合いになる必要はない。真相はわかった。後は、ビジネスだ。

「わかりました」

私は口調を事務的なものに戻した。写真のコピーが入っていた封筒から、今度はメモ用紙を取り出す。

「それでは、先日説明しましたように、前金として三百万円を振り込んでください。これが、振込先です」

メモ用紙を高頭直子に手渡す。高頭直子がきょとんとした顔をした。「あ、あの、依頼取り消しとかは……？」

「取り消したいのですか？」私は驚いてみせる。「依頼人の身元はわかりました。私の頭の中の依頼書を書き換えるだけです。説明したとおり、依頼人の身元は殺し屋には伝わりません。動機もです。ですから、あなた方の小芝居は、仕事に何の影響も与えません」

この仕事にはね。

心の中でそうつぶやいたけれど、口には出さなかった。

「ありがとうございます」

高頭直子は深々と頭を下げた。「前金は、すぐに振り込ませていただきます」

＊＊＊

『十九時の予約で、院長先生ご指名のお客様がいらっしゃいました』

内線電話がそう告げた。ややあって、見覚えのある顔が診療室に現れた。高頭直子だ。そろそろ来るころだと思っていた。

「あの」ソファに座った高頭直子が口を開いた。「この度は、ありがとうございました」

高頭衣梨奈が帰宅途中に殺害された事件は、三カ月前に報道された。しかし捜査に進展がないせいか続報がなく、すぐに忘れ去られた。ほとぼりを冷ますには、いい間隔だ。

「それで、またお願いしたいことがあるんですが」

「なんでしょうか」

高頭直子はハンドバッグ——前のと違うブランドだ——を開き、写真を取りだした。

「この人を殺してほしいんですが」

写真を見るまでもなかった。写っているのは藤倉篤宏だ。高頭直子が娘の殺害を依頼した事実を知っているのは、藤倉篤宏だけだ。口封じを考えるのは当然だといえる。そして仕事は実績のある相手に頼むのが、最も確実だ。

私は写真を受け取った。そして高頭直子に向かって、にこやかに話しかけた。

「オプションは付けますか？」

# 優柔不断な依頼人

世の中には、殺しやすい人間と、殺しにくい人間がいる。

鉄壁のセキュリティシステムに護られているアメリカ合衆国大統領などは、殺しにくい人間の最たるものだろう。もちろん僕が相手にしているのは、政治家などではなく市《し》井《せい》の人間たちだ。だからおおむね殺しやすい人間ばかりなのだけれど、それでもやはり難易度に差はある。

簡単にいえば、一人きりになる時間があるかどうかで決まる。当然の話で、殺す際に目撃者がいては困るわけだから、決行する際には一人きりになってもらう必要がある。ところが世の中には、意外なほど一人にならない人間がいるのだ。たとえば、会社の社長さん。

今、僕が依頼を受けている標的も、民間企業の代表取締役社長だ。決して規模の大きい会社ではないけれど、急成長を遂げた注目のＩＴベンチャー。ビジネス誌にもたびたび登場しているから、僕の標的の中では有名人の部類に入る。会議と会合が社長の主な仕事なのだから、一人きりという状況はなかなかやってこない。

それでも日頃の実直な仕事ぶりを神様が見ていてくれたのか、標的は見事な隙を作ってくれていた。その隙を確認するために、僕はここにいる。

東急東横線武蔵小杉《むさしこすぎ》駅。渋谷まで二十分足らずで行ける、高級マンションの建ち並ぶエリアだ。今回の標的である春山宏昌《はるやまひろまさ》は、監視を始めてから二回、ここを訪れている。今夜が三回目だ。彼の自宅は六本木だから、会社のある渋谷からは真逆の位置にある。なぜ通っているかというと、答は簡単。愛人がここに住んでいるからだ。

愛人との密会に、社用車を使うわけにはいかない。ハイヤーを雇うのも気が引けるのか、今をときめくベンチャー企業の社長が、電車に乗ってやってくる。電車で来るということは、駅から愛人の住んでいるマンションまで、一人で歩いていくということだ。それがたった五分間でも、僕には十分だ。

三回目の尾行で、春山が毎回同じ道を歩くことを確認できた。しかも、人通りもまばらな深夜。ここならば、殺害はたやすい。もちろん未来を完全に予測することは不可能だけれど、春山が次に愛人宅を訪れるときに、依頼を遂行することができるだろう。

僕は満足して、武蔵小杉駅から電車に乗った。自宅や事務所に向かってまっすぐ帰るのではなく、迂回路を通ることにした。万が一ということもある。かなり遠回りになるけれど、一度横浜まで出てから、帰宅するとしよう。

電車に揺られながら、スマートフォンで電子書籍を読んでいたら、メールの着信を知らせるメッセージが表示された。差出人は、塚原俊介。

嫌な予感がした。塚原は、僕の旧友であると同時に、殺し屋業務の連絡係でもある。そんな彼が、仕事の準備中にメールをよこす以上、いい知らせであるとは考えにくい。

僕は嫌な予感が肺の中に溜まっていくのを感じながら、電子書籍リーダーを閉じた。代わってメールソフトを起動する。メールのタイトルは『今度の飲み会の件』だった。本文を開くと、ごく短い文章が書かれていた。

『今度の合コンは、人数が集まらなかったから、中止ね』

僕は唇を固く閉じて、うなり声が漏れるのを防いだ。あらかじめ、僕と塚原との間で決められている連絡方法。この文面は、中止指令を意味している。つまり、依頼人が春山宏昌殺害依頼を撤回したということだ。

僕はひと言「残念」と返信して、メールソフトを閉じた。殺害依頼が撤回されたって？

いったい、どうしたんだろう。

＊＊＊

「どういうことなんだ？」

塚原が事務所に現れるなり、僕は訊いた。

「わからん」

塚原はぞんざいに答えて、ソファに座る。僕は冷蔵庫まで歩いていき、缶ビールを二本取り出した。一本を塚原に渡す。お互い何も言わずに開栓して、冷たい液体をひと口飲んだ。

「伊勢殿は、中止の理由を教えてくれるわけじゃないからな。ただ、依頼人が春山宏昌の殺害依頼を取り消したいと言ってきたとしか聞いていない。俺は、その伝言を取り次いだだけだよ」

僕は文句を口には出さず、ビールで飲み込んだ。

僕は富澤允といって、都内で経営コンサルタントを営んでいる小市民だ。顧客は中小企業が多いから、収入は決して多くない。だからというわけではないけれど、副業で生活費を稼いでいる。その副業が、殺し屋稼業なのだ。

なぜ小市民たる僕が殺し屋になったかはともかく、今まで標的の殺害に失敗したことはないし、警察に疑われたこともない。職業人としては優秀な方だと思う。そのせいか、安定して仕事をもらえるし、おかげで楽な暮らしができている。

といっても、僕自身が営業活動を行っているわけではない。僕と依頼人の間には連絡係が二人介在している。依頼人と直接会うのは、伊勢殿と呼ばれている人物だ。伊勢殿とは、僕は会ったことがない。伊勢殿は、受けた依頼を塚原に伝える。そして塚原が依頼内容を僕に伝えるのだ。

だから塚原は、なぜ依頼人が中止指令を出したのか知ることはない。彼が「わからん」のひと言で済ませたのも当然なのだ。

「久しぶりだな。中止指令は」

僕の考えを読んだのか、塚原が真面目な口調で言った。「確か、三回目だと思う」

「そうだな」僕もうなずく。「依頼後に翻意する気持ちは、わからなくはない。依頼が実行され、殺し屋が逮捕された場合、自分も芋づる式に捕まってしまうかもしれない。依頼殺人の依頼は、実際の殺人と同じ罪の重さになる。前金を捨てて、危ない橋を引き返そうと考えても、不思議はない」

塚原が薄く笑った。

「俺だったら、三百万を捨てる気にはならないけどね」

殺人の料金は、六百五十万円だ。僕が依頼を受けると、前金としてまず三百万円が支払われる。そして無事に任務が完了したら、残金の三百五十万円が払い込まれる。そして前金を支払った後に翻意しても、前金は返却されないルールになっている。

三百万円は決して低い金額ではない。倹約すれば、それだけで一年間暮らせてしまうほどだ。塚原が捨てたくない気持ちもわかる。

「まあ、いいさ。僕の立場からすれば、手を汚さずに三百万が手に入ったんだから」

「そうだな」塚原の笑顔がやや意地の悪いものになった。「おまえが有名人をどう捌《さば》くか、興味があったのに」

「ひどい奴だ」僕は頭の後ろで両手を組んだ。

「標的の春山宏昌は、株式会社『ぷらたん』の代表取締役社長だ。ここ数年で急成長したIT企業だな」

塚原がげっぷしながら宙を睨んだ。

「ぷらたんって、グルメサイトだよな。利用したことはないけど」

「そうだ。通り一遍の店舗情報や口コミ情報を載せているだけじゃなくて、ユーザーが店の好みを入力したら、ネットに散乱している情報を解析して、ベストマッチの店を紹介する。同じようなサイトは他にもたくさんあるけれど、ぷらたんが開発した検索エンジンは、かなり性能がいいらしい。ユーザーの満足度が極めて高いと評判になって、今は月間十億以上の検索実績を誇っている。業界でも、トップクラスだな。ちなみに『ぷらたん』とは『プライベート・タン』の略だ。個人的な舌という意味だから、個人の好みに徹底的に合わせたサイトにぴったりの名前だと思う」

塚原が大きな目でこちらを見た。「よく調べてあるな」

「これでも、経営コンサルタントだからな。注目企業の情報くらい押さえてある。だから今のは、依頼を受けてから慌てて調べたわけじゃないよ」

途端につまらなそうな顔になった。「なんだ。公私混同だったのか」

公私混同とは、本業で得た知識を副業に使ったという意味だろう。正しいとはいえなくても、間違っているともいいがたい表現だ。塚原が表情を戻した。

「ともかく、急成長したITベンチャー企業の社長さんだ。敵が多くても不思議はないな」

僕はすぐに片手を振った。「動機に踏み込む気はないよ」

この仕事をやっていくためには、肝に銘じておかなければならないことがある。それは、依頼人に関心を持ってはいけないということだ。依頼人のことを知ると、どうしても感情移入する。いわば、依頼人を我が身に憑依《ひょうい》させるわけだ。依頼人の情念を宿したまま実行に移したら、余計な雑念が入ってしまう。雑念は失敗につながる。動機など、依頼人の情念の最も濃い部分だ。決して、知ってはならない。

「まあ、春山はワンマン社長で有名だけどね」

一般的な話でお茶を濁すことにした。「春山は、起業者を多く輩出することで有名な、東京産業大学の出身だ。在学中に今のサービスを思いついて、三人の後輩を率いて起業した。件《くだん》の検索エンジンは春山一人で開発したそうだし、後輩たちは共同創業者というよりは、ただの手伝いとして雇われたようなものだったらしい。だから誰一人、春山には逆らえない社風だと聞いている」

塚原が嬉しそうな顔をした。

「それはまた、恨みが溜まりそうな環境だな」

「それはどうかな」僕はまた片手を振る。「社長が一人で何でもやってくれたら、部下は何も考えずにいられる。創業メンバーなんだから、自社株を持っていることだろう。

これだけ成長したんだから、含《ふく》み益《えき》は相当なものだ。その境遇を自ら放棄しようとはしないと思うぞ」

深入りを避けるための発言だった。話に乗ってこない僕に、塚原は不満そうな顔をした。

「依頼は、もう取り消されたんだぞ。おまえが春山を殺すことはないんだから、誰が依頼したかを考えてもいいんじゃないのか？」

正論だ。

「そうなんだけどね。習い性になってるんだよ」

僕は席を立って、書棚に向かった。薄い雑誌を抜き取る。週刊ビジネス誌だ。応接セットに戻って雑誌を塚原に手渡した。

「半年ほど前の号だけど、これにぷらたんの記事が載っている。わりとページを割いて紹介してるよ」

塚原がページをめくった。この雑誌は定期購読しているから、ぷらたんの記事が載った号が手元にあっても、怪しまれることはない。

「どれどれ――ああ、これか。確かに、三人の取締役がいるな。技術担当の浦辺《うらべ》、運営担当の柾《まさき》、財務担当の淵上《ふちがみ》か。揃いも揃って、頼りなさそうな顔をしてる」

わかりやすすぎるコメントに、思わず笑ってしまう。

「それは、事前情報から色眼鏡をかけただけだろう。殺し屋が、最もやってはいけないことだ」

旧友は仏頂面を返してきた。「そんなもんかね」

「そんなもんだよ。ともかく――」僕は塚原から雑誌を受け取った。「仮に彼らが春山に不満を持っていたとしても、春山の死は自分たちの破滅につながる。金の卵を産む鶏を、自分で殺したりはしないだろう」

「それもそうか」

そう答えて、塚原はビールを飲み干した。そこでぷらたんに関する話題は終わった――はずだった。

「仕事が来たぞ」

事務所にやってきた塚原は、開口一番そう言った。

僕は思わず顔を上げた。科白自体はいつもと同じだけれど、口調が違っていたのだ。顔を見る。塚原は無表情だった。意志の力で表情を隠しているようにみえる。僕は何も言わず、次の言葉を待った。普通なら、標的の名前と素性を口にする。はたして塚原は、いつもと同じことをした。

「標的は春山宏昌。ぷらたんという会社の社長をやっている」

僕はすぐには反応できなかった。たっぷり二秒静止してから、ようやく口を開けた。

「……えっ？」

「そういうことだよ」

塚原はどっかりとソファに座った。「中止指令が出た標的に、また依頼がかかった」

壁に掛けたカレンダーを見る。中止指令から、一カ月しか経っていない。

大きい目で僕を睨んだ。「どうする？　この仕事、引き受けるか？　三日以内に返事しなけりゃならないが」

試すような、あるいはからかうような口調だったけれど、不快には感じなかった。塚原の目にもまた、戸惑いの色が浮かんでいたからだ。

「引き受けるよ」僕は即答した。「でも――」

「でも？」

「すぐには決行しない。もう少し周辺を調べてからにする」

「ほう」塚原が目を剝《む》いた。元々目の大きな塚原がそんな顔をすると、妖怪じみていて怖い。この男、区役所で高齢者の生涯学習を担当している。まさか、こんな顔で高齢者を睨みつけていないだろうな。夢に見るぞ。

「余計な情報は入れないんじゃなかったのか」

「本来は」僕はそう答えた。「でも、はじめてのケースだからね。少し慎重になった方がいい。この依頼人は、二度にわたって翻意したわけだ。一度は殺すのをやめたのに、やっぱり殺そうと思ったわけだから。罠とはいわないまでも、余計な変数が加わっているのは間違いない。前金が入金されてから二週間以内に決行する取り決めだから、逆にいえば二週間の猶予があるわけだ。その間に、春山とぷらたんの置かれた状況を調べてみる」

「そうか」塚原も納得顔になった。「その方がいいかもな」

「心配するな」僕は友人の肩を叩いた。

「依頼を受けた以上、状況がどうあれ、きちんと実行するよ。おまえや伊勢殿に迷惑をかけることもない」

一週間後、塚原が様子を窺いに現れた。

「首尾はどうだ？」

殺害の実行は僕一人の仕事だけれど、依頼を受けてからの塚原は、まめに事務所に顔を出して、状況を確認する。連絡係としての責任感なのか、友人として心配してくれているのか、はたまた単なる野次馬根性なのか、その真意はわからないけれど。

「上々だよ」コーヒーメーカーに水を入れながら、僕は答えた。土曜日の昼間だから、アルコールはなしだ。

「ほほう」塚原が大きな目を光らせた。「上々ってことは、何かわかったのか」

しかし僕は首を振った。「いや。全然」

「えっ？」

きょとんとする旧友に、僕は微笑んでみせた。

「障害になるような、変なファクターは見つからなかったってことだよ。だから安心して仕事ができる」

「……」

納得できていない顔。僕も別に焦《じ》らすつもりはない。コーヒーが入ったところで説明を始めた。

「二度目の依頼を受けてから、ぷらたんについて、本格的な調査を開始した。とはいえ企業の調査だから、殺し屋ではなく経営コンサルタントの仕事だ。他企業の事例を調べることは珍しくないから、表立って動いても怪しまれることはない」

「ふむ」

コーヒーをひと口飲んで、塚原が相づちを打つ。

「先月見せた雑誌は半年前のものだけれど、業績はますます好調なようだ。ただ、そのせいで会社は岐路に立たされているらしい」

「岐路って？」

「今以上に成長するためには、どんな道を選ぶかってことだよ」

塚原は公務員だ。民間企業の活動にはあまり詳しくない。ここは丁寧に説明してあげよう。

「ぷらたんは、元々はベンチャー企業向けの投資家から得た資金で起業した。成功したら、今度は大手銀行が貸してくれるようになった。銀行からの資金でますます大きくなったわけだけれど、更に成長するにあたって、春山にはいくつかの選択肢があった」

「なんだ？」

「ひとつは、上場することだ。新興企業向けの市場であれば、すぐにでも上場できるだけの実績を残している。もしぷらたんが上場したら、誰もが先を争って株を買うことだろう。そうやって得た資金で、会社をさらに大きくすることができる」

「ふむ」塚原がまた言った。「真っ当な選択に見えるな」

「でも、社内には反対意見もある。上場すれば、自分たちだけで業務がコントロールできなくなる。どんな奴らが株を買うかわからないからな。株主総会で揉めるってニュースは、聞いたことがあるだろう。財務担当の淵上取締役が反対しているそうだ。我が社の強みを活かすなら、資金よりもフットワークの方が大切だとね」

「うーん」塚原が頭を掻いた。「財務大臣なら、真逆のことを考えそうだけどな」

「その意見には賛成だけど、淵上が反対しているのは事実だ。自分たちが時代の風雲児たるベンチャー企業のままでいるべきだと考えているのかもしれない」

「そうかな。それで、他にも選択肢はあるんだろう？」

「ああ」僕はコーヒーを飲んでから先を続けた。

「前に、ぷらたんと同じようなサイトはたくさんあるって言っただろう？　そのうちのひとつに、『ぐるめ八目』っていう成長著しいサイトがある。そことの提携話が浮上したんだ。本来はライバル関係にあるはずなんだけど、業界の集まりで社長同士が会って、意気投合したらしい。もともとぷらたんは、価格設定が高めの、おしゃれな店を得意としている。一方のぐるめ八目は、大衆食堂や居酒屋に強みを持っている。競合といっても守備範囲が微妙に違うから、ケンカするより仲良くした方が得だと考えたようだ。将来の合併を見据えた業務提携の話が進んでいる。どちらも未上場企業だから、合併を見据えるのなら、上場はさらにその先になるだろうけど」

「何とか話についていける」難しい顔をして塚原が言った。「でも、それにも反対意見があるのか？」

「ある」僕はビジネス誌をめくって、針金のように細い人物を指し示した。

「技術担当の浦辺取締役が反対している。いくら将来の合併を念頭に置くとはいえ、先のことなんてどうなるかわからない。虎の子の技術をライバル会社に公開するなんてという気持ちは、わからなくはない」

「虎の子の技術っていっても、春山が作ったプログラムなんだろう？　浦辺がやったわけじゃない」

「何もかも一人でできるわけじゃない」僕は優しく友人の誤解を訂正した。「起業した時点では、春山一人の仕事だったのかもしれない。けれど会社が大きくなって、社長業務が大変になってくると、技術開発まで一人でできるわけがない。大きな方向性は春山が独断で決めていても、実際の開発作業は浦辺をトップにした技術陣が行っている。自社技術を出したくない気持ちはわかる」

「そういうものなのか。選択肢は、まだあるのか？」

「あるといえば、ある。現状維持という選択肢が」

「現状維持？　それじゃあ、伸びないんじゃないのか？」

「伸びなくても、落とさないことはできる」

僕はそう答えた。

「情報サイトの価値は、閲覧数と顧客満足度で決まる。ぷらたんの場合、閲覧数はうなぎ登りだけれど、顧客満足度の値が少しずつ落ちてきているんだ。もっとも客の要求は際限がないから、どんなサイトでもそんな傾向はあるらしいけど。ともかく、やれ上場だ提携だという前に、検索エンジンを磨き直せという意見が社の内外にあるらしい。これはこれで、正しい意見だ。しかし運営担当の柾取締役が反対している。実際の運営に携わっているから、顧客満足度の低下は検索エンジンの問題ではなく、市場の変化とかもっと大きなことに原因があるのではないか。そんな風に主張しているそうだ。上場や提携といったレベルの大改革をすべきだと考えているのかもしれない」

「難しいな」実際に塚原が腕組みをした。「確か春山はワンマン社長だったよな。奴が決定したのなら、誰も文句は言えないはずだ。でもそれぞれが主張しているところをみると、春山はまだ決めていないということだな。どうなりそうなんだ？」

「そうだな」経営コンサルタント用の調査ファイルをめくる。

「先月監視していたときには、銀行に行くことが多かった。その頃は、上場を考えていた可能性がある。でも監視を再開してからは、この一週間で、恵比寿に三回も行っている。恵比寿は、ぐるめ八目の本社がある場所だ。だから、春山は上場から提携に舵を切ったのかもしれない。ただ、昨日相手の本社を出るところを見たけれど、ものすごい仏頂面をしていた。提携の条件調整が難航していると想像できる」

「じゃあ、現状維持か」

「それも考えにくいんだよな。とにかく、いけいけどんどんがベンチャー企業経営者の特徴だから」

説明しながら、僕はふうっと息をついた。

「本当に、社長って種族はパワフルだよ。昼間は分単位のスケジュールであちこちに顔を出して、夜になったら会合や接待だ。夜のスケジュールがない日には素直に家に帰るかと思ったら、今度は愛人宅だ。僕にはとうてい真似できない。毎日あれほど走り回らなけりゃならないのなら、いくら高給取りでも社長業なんて願い下げだね。殺し屋の方がずっとマシだ」

「比べる方が間違っている」

塚原が笑って、すぐに何かに気がついたような顔になった。

「そういえば、春山には愛人がいるんだったな。学生時代に起業して、まだ新進気鋭といわれる歳なんだろう？」

問われて、あらためてビジネス誌を指さす。春山のプロフィールが書かれた箇所だ。

「二十七歳だ。起業してから、大学を卒業すると同時に、その頃の彼女と結婚している。

でも忙しすぎるせいか、夫婦仲は冷え切っているそうだ。愛人は、社員だよ。広報を担当している、なかなかの美人だ」

塚原が呆れた顔をした。「そんなことまで、雑誌に書いてあるのか？」

「企業のゴシップ専用サイトがあるんだよ。ほとんどは価値のない妄言だけれど、中には重要な事実が書かれていたりする。丁寧に拾っていけば、有益な情報が手に入る。ちなみに愛人が美人だというのは、僕がこの目で見て確認した事実だ」

「そうか」美人という愛人の顔を想像しようとして失敗したのか、塚原は眉間にしわを寄せた。

「ともかく、この一週間の調査で、春山を殺す障害はないと判断したんだな？　依頼人が一度ストップをかけながら、再度依頼してきた理由はわからなくても」

「そういうことだ」殺し屋の言葉は簡潔だ。「ぷらたんが上場しようが、ライバルと提携しようが、現状維持のまま技術を磨き直そうが、そんなことはどうでもいい。というか、どんな選択をしようと、僕の業務に影響はないと判断した。次のタイミングで決行するよ」

具体的な日時や場所については言及しなかった。殺害方法もだ。実務は僕の担当だ。連絡係である塚原を巻き込むわけにはいかない。

塚原がコーヒーを飲み干した。

「わかった。吉報を待っている」

「大船に乗った気でいてくれ」

「そうするよ――おっと」

ポケットに入れていたスマートフォンが、軽やかな音を立てた。連続して鳴らなかったから、通話の着信ではない。ということは、メールかSNSのメッセージだろうか。塚原がスマートフォンを取り出し、液晶画面を見つめる。途端に、表情が険しくなった。「ちょっと失礼」と言いながら、部屋の隅に行く。画面を見る時間は、ほんの数秒だった。スマートフォンをポケットに戻すと、応接セットに戻ってきた。

「おい」まるで親の仇のように僕を睨みつける。

「伊勢殿から連絡が入った。依頼は、撤回されたそうだ」

「撤回されたっ？」

僕としたことが、オウム返しの反応しかできなかった。今、塚原は何て言った？

「中止だよ」塚原はまたソファに座った。「伊勢殿から連絡が入った以上、すでに決定事項だ。富澤が春山を殺す必要は、なくなった」

「………」

僕は返事ができなかった。どういうことだ？　春山の周囲に、いったい何が起きている？

「ともかく」塚原が天を仰いだまま言った。「これで、また前金三百万はいただきだ。不労所得を得られたわけだから、けっこうなことだ」

紙に書いたものを読んでいるような口調だった。殺人の報酬である六百五十万円のうち、塚原と伊勢殿の取り分は、それぞれ五十万円だ。今回のような前金のみの受け取りでは、二十万円としている。依頼の取り消しが二回あったわけだから、二人とも合計四十万円の収入があったことになる。けっこうな収入だ。それでも塚原が喜んでいる様子はなかった。

「気に入らないな」

首の角度を戻して、真っ直ぐに僕を見つめた。まるで僕が依頼人であるかのように。

「一度殺すと決めたのなら、どうして最後までやり遂げようとしない？　三百万を無駄にしてまで。しかも二回だから、合わせて六百万だ。それなら、料金全額に近い。依頼人はその優柔不断さのせいで、金を取られた上に春山を殺せなかったことになる。いいことは何もない」

なるほど。依頼人に感情移入して怒っているのか。気持ちはわからないわけではないけれど、安易に与《くみ》するわけにはいかない。悩んだ末に、依頼を取り下げる。以前塚原に言ったとおり、その心の動きは理解できるものだ。しかし二回となると、どうだろう。何か明確な意図があるのではないか。僕がそう指摘すると、塚原は唇を歪《ゆが》めた。

「意図って、どんな意図があるっていうんだ。依頼人がどんな金持ちか知らんが、前もって六百五十万を用意できて、そのうち三百万を捨てるなんて、まともな金銭感覚じゃない。というか、殺害依頼をあまりに安易に考えすぎてるんじゃないのか」

「そうかもしれない」

僕は曖昧に返事をした。安易。優柔不断。確かにそのとおりだと思う。でも、僕にしろ塚原にしろ、これほどの違和感があるのだ。依頼人のレベルにすべての責任を負わせないで、違和感の正体をもっと追求するべきではないのか。

「僕は、もうちょっと春山を監視してみるよ」

「えっ?」塚原が瞬きをした。「もう殺さないのに、なぜだ?」

「わからない」僕は本音を言った。「根拠はないけど、背景がわかった方が、今後の業務に役立ちそうな気がするんだ。それに――」

「それに?」

僕は連絡係に笑ってみせた。

「三回目があるかもしれないだろう?」


午後十一時。僕は暗がりで春山を待っていた。今夜は、春山が愛人宅を訪問する日なのだ。

二回目の中止指令が出てから、はじめての愛人宅だ。まだ三回目の依頼は来ていない。だから僕が春山を殺すことはない。それでも、ちょっとした準備はしてある。今夜でなくても、いずれ役に立つかもしれない準備を。

春山が愛人のマンションを出た。ここから武蔵小杉駅まで同じルートを歩いていくのが、これまでの行動パターンだ。僕ならば、ここでは襲わない。夜遅いとはいえ、通りにまったく人影がないわけではないからだ。加えて周辺のマンションにも照明が灯《とも》っており、路上での犯行は目撃される危険性がある。

僕が着目したのは、春山が途中、児童公園を横切ることだ。その方が近道だからだ。夜中の児童公園に人影はないし、周囲に木々が植えられているから、外からも見えにくい。本来、春山が公園に入ったところで殺害するつもりだった。僕は先回りして、公園の陰に身を潜めた。

三回目の依頼はあるかもしれない。それならそれでいい。また準備をして実行するだけだ。三回目のストップがかかったらかかったで、また三百万円をいただけば済む。しかし殺し屋稼業としては、もっと考えなければならないことがある。それは、三回目の依頼がなかったときのことだ。

春山が児童公園に現れた。歩調に元気がない。日々の激務に加えて、愛人宅で酒を飲み、ベッドを共にしたのであれば、疲労するのも無理はない。まあ、それは彼自身が選択したことだ。僕が口出しすべきことではない。

春山が公園の端に沿って歩を進める。やはり疾《やま》しいことをしているという意識があるのか、中央を突っ切らない。これまた、いつもどおりの動きだ。僕は動かない。砂場の横を通り、滑り台の脇を通り抜けようとした。

そこに。

影が動いた。滑り台の陰に隠れていた人影が、春山の背中に向かって突進していった。春山は、完全に油断していた。どうすることもできず、二つの影がぶつかった。しばらく静止していたけれど、やがて片方の影が地に伏した。春山だ。

滑り台の横には、男が佇《たたず》んでいた。手に何かを持っている。弱々しい公園の外灯でも、僕にはそれが何かわかった。光を反射するもの。ナイフだ。

男が身体の向きを変えた。公園の出口に向かって駆け出そうとした。逃げるのだ。

そうはさせない。

僕はスリングショットを素早く構えた。いつもの鉄球ではない。子供が遊びに使う、ゴム製のスーパーボールだ。男めがけて撃つ。狙いは誤らなかった。放たれたスーパーボールは男の後頭部に命中し、男は前方に倒れ込んだ。

勢いがついていたから、顔面を護らないヘッドスライディングのようになってしまったようだ。気絶はしていないようだけれど、頭を両手で押さえて身もだえている。転がって、仰向けになった。それで、顔面が外灯に晒《さら》された。離れた場所からも、顔だちが確認できた。間違いない。ビジネス誌に載っていた顔だ。

男は、運営担当の柾だった。

「それはつまり」事務所で塚原が言った。「柾が優柔不断な依頼人だったってことか？」

僕はゆっくりと首を振る。「いや。違う」

次の日の夜。ニュースを観た塚原が、事務所に駆け込んできた。ニュースとはもちろん、株式会社ぷらたんの春山社長が、取締役の柾に刺された事件のことだ。

最近は、深夜でも犬の散歩をする飼い主が少なくない。そんな一人が、公園で犬を散歩させていて倒れている二人の男性を発見したのだ。警察に通報し、春山は救急車に乗せられ、柾は身柄を拘束された。

「命に別状はないようだよ」

缶ビールとビーフジャーキーを用意しながら、僕は言った。

「やっぱり、素人はダメだな。確実に急所を攻撃しないと、人間は簡単には死なない。凶器を持ったまま逃げるのもアウトだ。誰かに見られたら、言い訳できない。絶対に足がつかない凶器を用意して、その場に捨てるのが正しいやり方だ」

「いや、そういう問題じゃないだろう」

缶ビールを受け取りながら塚原が言う。「結局、一体何だったんだ？　それに、どうして富澤が事件現場に立ち会うことができたんだ？」

「そうだな」プルタブを開けながら、僕は考えをまとめた。「まず、一般論からいこうか」

「一般論？」

「そう。人は、どうして殺し屋に殺害を依頼するんだろうな」

「……」

塚原は答えない。答えられないというより、どうして唐突にそんな問いかけがなされるのかといった顔だ。

僕はビールをひと口飲んだ。

「僕は依頼人と接触しない。動機を知ることもない。それでも何人も殺していると、なんとなく見えてくるものがある。人間は、恨みや憎しみでは殺し屋を雇わない。そのような動機だと、自ら手を下そうとする。殺し屋を雇うための条件は、僕の考えでは、相手が生きていたら、明確かつ具体的な不利益が生じることだ。たとえるならば、家の軒下にスズメバチが巣を作った場合。このまま放置すれば、刺されてダメージを負うという、明確かつ具体的な不利益が生じる。だから巣を駆除しなければならない。ただし素人が安易に駆除しようとすると、かえって危険だ。だから、専門の業者に頼む。それが殺し屋を雇う意味だ」

「いちいちもっともだな」塚原もビールを飲みながら肯定した。「それで、その意味が今回の事件にどう関係してくるんだ？」

「明確かつ具体的なところだよ」僕はそう答えた。ビーフジャーキーの包装を破って、友人に勧める。

「恨みや憎しみは、相手が生きているうちは決して消えることはない。なんとかして相手を殺そうとするだろう。この場合は、殺すことそのものが目的なんだから。でも、殺し屋を雇う理由は違う。明確かつ具体的な不利益が生じないことがわかったら、殺す必要はなくなる。スズメバチのたとえでいえば、勝手に巣からいなくなってしまえば、別に殺さなくていいんだ」

「うーん」塚原がうなった。考えをまとめる間、ビーフジャーキーを噛む。飲み込んでから、口を開いた。

「確かに、そうかもな。じゃあ、今回の依頼人の場合は、どうだったんだ？　明確かつ具体的な不利益が生じ、一旦は去り、また生じ、また去ったというのか？　なんだ、そりゃ」

「そこだ」僕もビーフジャーキーをひと切れ取った。

「一連の流れで僕たちが不審に思ったのは、一旦は殺害を決意したはずなのにあっさり翻意するという優柔不断さと、前金三百万円をあっさり捨てる金銭感覚だ。このうち前者はスズメバチ理論によって、ある程度納得できる。では後者はどうだろう。この仕事をやっていると、ときどき話題に出るよな。東証一部上場企業社員の平均年収ほどの金額を、依頼人はどうやって工面しているのかと。塚原が言ったように、個人の感覚ではいかなる事情があろうと、自分の金をどぶに捨てるのは勇気がいる。でも、自分の金じゃなかったら、どうだろうな」

　塚原が唾を飲み込んだ。「会社の、金……？」

　僕はうなずく。

「そう仮定してみた。もちろん依頼人が誰かはわからない。関係の冷え切った奥さんかもしれないし、愛人の立場を強要された広報部の社員かもしれない。ライバル企業かもしれないし、その他有象無象《うぞうむぞう》かもしれない。でも、会社の金をある程度自由にできる立場の人間が、標的のすぐ傍にいる。僕は三人の取締役を、依頼人に仮置きしてみた」

「三人のうち、誰かか」

　塚原が言い添え、僕は薄く笑ってみせた。

「ここで気になったのが、財務担当の淵上だ。おまえが指摘したように、財務大臣は金庫の金をいかに安定させるかを気にする。そんな彼が、大量の資金獲得が確実視される上場に反対するのは、奇異に思えた。ここで、彼を依頼人としてみよう。仮にぷらたんが上場した場合、淵上が明確かつ具体的な不利益を被るとしたら、それは一体何なのか」

　僕の言いたいことがわかったようだ。塚原はゆっくりと答えた。

「不明朗な会計、もしくは会社の金の使い込みか」

「いいところだ」僕は人差し指を立てた。「もちろん今だって財務諸表は作成して、銀行に提出しているはずだ。けれど会社が利益を出している間は、銀行も細かいところは見ない。しかし上場したら、そうはいかない。適当な監査役が斜め読みで捺印することはない。会計におかしなところがあれば、簡単に見つかってしまう。少なくとも、淵上はそう考えた。このままでは自分は破滅する。だったら、そうなる前に上場を推し進めようとする春山を亡き者にしてしまえば、自分の安全は保たれる」

「優柔不断な依頼人は、淵上だったと？」

僕は曖昧に笑った。先を続ける。

「ところが、依頼は撤回された。淵上の身に、不利益が生じることはなくなったからだ。それは、春山が上場しないことを決めたからではないか。他社との業務提携だけでは、財務にメスは入らない。合併すれば話は別だけど、それはまだ先のことだ。いくらでもごまかせる。だったら、殺す理由は何もない。それどころか、春山にはまだまだ働いてもらわなければならない。中止指令は当然の判断だ。会社の金を使って依頼をかけたのなら、三百万円くらいどうということはない」

「淵上が……いや、待て」

塚原が身を乗り出した。「おまえの話はもっともらしいけど、まだ足りない。殺害依頼は、もう一度かかったんだ。春山が、あらためて上場を決意したのか？　監視を再開したおまえの口から、そんな話は出てこなかったぞ」

「そうだね」僕は塚原が身を乗り出したのと同じ距離だけ後ろに身を反《そ》らせた。「この一週間で、春山は三回もぐるめ八目の本社に行っている。春山がぐるめ八目との提携に舵を切ったのは明らかだと思われる。思い出してほしい。提携に反対していたのは、誰だ？」

塚原が身を引いた。「技術担当の、浦辺……」

「そうだ。浦辺はなぜ提携に反対していたのか。僕は、虎の子の技術がライバル企業に流出してしまうのを嫌ったからだと考えた。でもそれは、会社の不利益であって、浦辺個人の不利益ではない。さらに思い出してくれ。ぐるめ八目は、最近成長著しいと言った。なぜだと思う？」

ふうっ、と塚原が息を吐いた。「浦辺が、自社技術を流出させていた」

「そうかもしれないな」僕もビールを飲んで、息を吐いた。

「もし両社が提携したらどうなるか。技術交流が行われる。そこで春山は知ることになる。自分が開発した検索エンジンのコードを、かつてのライバル会社も使用していることを。ワンマン社長のことだ。激怒して犯人捜しが行われることは、間違いない。放っておけば、身の破滅だ。会社の金を使って身の安全を図ろうとしても、不思議はない」

「しかし相手の本社から出てきた春山は、仏頂面だった」

塚原は缶ビールを飲み干した。自分で立って、冷蔵庫から新たに二本取り出す。一本をこちらに差し出し、僕は礼を言って受け取った。

「交渉は不調に終わり、ぐるめ八目との提携の目はなくなった。となると、浦辺もまた、春山を殺す必要がなくなる。技術の流出はばれないからな。それが再度の取り消しの理由かもしれない」

「一回目の依頼は淵上で、二回目の依頼は浦辺だったというわけか――そうか」

塚原はもう一度身を乗り出した。

「それで、富澤は三回目があるかもしれないと言ったのか。取締役は、もう一人残っている。運営担当の柾が。上場も提携もなくなった以上、春山は最後の選択肢を採らざるを得ない。現状維持のまま、自社技術を磨くという。しかしこれに柾は反対していた」

「運営担当の柾がね」僕は繰り返した。「大成功したぷらたんだけど、ひとつ心配の種があったのを憶えているか？　顧客満足度が下がっていることだ。なぜ下がるのか。ユーザーが望みどおりの情報を得られなくなったからだ。それはつまり、検索エンジンが以前ほど機能しなくなったことを意味している。なぜか」

もうわかったというふうに、塚原が頭を振った。

「何者かが、手を加えたのか。どんな店だって、自分の店を上位にしたい。運営担当に金を渡して、検索結果に手を加えてもらえれば、たとえユーザーの条件に入っていなくても、結果の上位に入ることができる」

「もし、そうなら」僕が後を引き取った。「柾にとっては、現状維持こそ最悪の選択になる。上場なら現業の拡大や新規事業に注目が集まる。提携ならシナジーの最大化だ。どちらも、新しいチャレンジばかりが騒がれるから、現状の穴を突き詰めて考える雰囲気にはならない。でも、現状維持なら、顧客満足度が下がったことに対する犯人捜しが始まる。具体的には、技術担当の浦辺と運営担当の柾のどちらに責任があるかという争いになる。後ろ暗いところがある柾には、勝ち目があるとは思えなかったはずだ。しかし春山は、その道を選んでしまった。柾は春山を殺害することで、身を護るしかなかった。東京にどの程度職業的殺し屋がいて、伊勢殿がどんな営業活動をしているか知らない。淵上も浦辺も、それこそ検索に引っかかった僕に依頼することになった。柾もまた、二人の取締役と同様に、僕に依頼をかけてくる可能性はあると思った」

「でも、柾は自ら手を汚すことを選んだ。それだけ焦っていたのかもしれないな」

僕は答えないことで友人の意見を肯定した。

「傑出したワンマン社長の下で、分不相応の地位を手に入れた小物が、それぞれの立場を利用して小金を稼いでいた。それが露見しそうになったから、慌てて社長殺害に動いた。僕が描いたのは、そんな絵だったんだ。どこまで合っているかわからないけれど、一応の説明はつく」

「そうだな。いや待て」

連絡係は、ぎょろりとした目で殺し屋を見た。

「じゃあ、どうしておまえは春山の監視を続けたんだ？　今までの話だったら、柾からの依頼を待っているだけでもよかったんじゃないのか？」

「ああ、それね」

口の中のビーフジャーキーを飲み込んでから、話を再開した。

「僕が心配したのは、元依頼人が捕まることだ。春山の決断によっては、淵上も浦辺も再び殺意を抱くことが十分考えられる。またこちらに依頼してもらえればいいんだけど、やっぱりお金がもったいないから自分でやろうと考えられては困る。しくじって逮捕されて、一度は殺し屋に依頼をかけたなんて自白されてはたまらないからね。だから、直接行動を起こそうとしたなら、止めなければならないと思った。春山の愛人は、同じ会社の女性だ。側近である取締役が事実関係を把握していても不思議はない。僕と同じで、春山を殺すチャンスは、愛人宅への往復時しかないと考えるのは自然だ。だから僕は監視を続けたんだ。止めるために、スーパーボールも用意していた。子供の玩具だから、指紋さえつけなければ児童公園に落ちていても不審に思われることはないから」

「でも、現れたのは依頼人でない柾だった」

塚原は、また僕を睨みつけた。

「依頼人じゃなかったから、当面の危機は回避された。それでも、柾が春山を刺す前に止めることは可能だっただろう。どうしておまえは、春山が刺されてから攻撃したんだ？」

「簡単なことだ」僕は即答した。「柾に逮捕されてほしかったからだよ」

塚原が怪訝な顔をした。「逮捕？」

「そうだよ」僕は当然という口調で答えた。

「柾が逮捕されたら、この事件は収束する。隠蔽されるんだ。淵上も浦辺も疑われることはない。連中が殺し屋と関わりを持ったという事実は、それこそが、僕の望みだ。今後のことはわからないけど、連中もそれどころじゃないんじゃないかな。頼りになる春山は長期入院だ。その間、能力のない二人で、なんとかして会社をもたせなければならない。一度はその社長を殺そうとしたのにね」

僕の話は終わった。僕も塚原も黙ってビーフジャーキーを囓り、ビールを飲んだ。二本目の缶ビールが空になってから、ようやく塚原は口を開いた。

「もし春山が復帰するまで、ぷらたんが今の業績を保つことができたら、どうする？　スタート地点に逆戻りだ。また依頼があるかもしれない。そのときはどうする？」

「どうするも何も」

僕も缶ビールを飲み干した。

「確実に殺す。それだけのことさ」

# 吸血鬼が狙っている

現代社会の便利さは、特に共働きの夫婦に役立っていると思う。少なくとも、宮永彩美《みやながあやみ》は享受している一人だ。今夜も、スーパーマーケットの総菜コーナーで夕食のおかずを買っている。しかも、値引きシールの貼ってある品を選んで買い物カゴに入れている。経済観念もしっかりしているようだ。

レジで煙草も買って、店を出る。駅前のスーパーマーケットから自宅のアパートまで、徒歩八分だ。午後七時半という時間帯では、人の往来が途切れることはない。このタイミングで殺害するのは難しそうだ。

もうちょっと監視を続ける必要があるな。

僕はそんなことを考えながら、今回の標的である宮永彩美を見ていた。

特に、その細い首を。

＊　＊　＊

「仕事が来たぞ」

事務所に入るなり、塚原俊介がそう言った。

勤務帰りに立ち寄ったらしく、きちんとネクタイを締めていた。秋になって、区役所もクールビズ期間を終えたのだろう。一方の僕は、年中スーツ姿だ。経営コンサルタントは、顧客の信頼があってこそ成り立つ職業だ。ぴしっとした服装は、信頼を獲得するための第一歩といえる。こういってはなんだけれど、公務員の塚原よりもはるかに堅そうに見えるはずだ。怪しまれないという点においては、副業でも有利に働くことは、言うまでもない。

「どんな奴だ？」

旧友にソファを勧めながら、僕は尋ねた。塚原が通勤鞄からルーズリーフ式の手帳を取り出す。ふせんの貼ってあるページを開いた。

「名前は宮永彩美。会社員だ。立川《たちかわ》市に、夫と二人で住んでいる」

手帳のポケットから紙片を抜き取って、僕に手渡してきた。一見して、A４のコピー用紙を四つ折りにしたものだとわかる。折りたたまれたコピー用紙を開くと、写真が印刷されていた。

会議室にあるような横長のテーブルの向こうに、女性が二人座っている。右の鉛筆のように細い人物に、赤丸がつけてあった。こちらが宮永彩美なのだろう。写真専用紙に印刷されていないから、やや鮮明さに欠ける。そのためはっきりとはわからないけれど、二十代後半から三十代前半といったところだろうか。カメラ目線ではないことから、本人の承諾なしに撮影されたものだと想像できる。広い場所のようだ。周囲にも、大勢の人がいるのがわかる。テーブルには、薄い本のようなものが積まれていた。

写真から視線を上げて、塚原を見た。

「これって、どんな写真なんだ？」

「同人誌即売会だそうだ」塚原はそう答えた。「『伊勢殿』が、依頼人からターゲットの情報を聞いてくれた。宮永彩美はマンガを描くのが趣味で、サークルの仲間と同人誌を作っては、即売会で販売しているらしい。写真は、そのときのものだ」

「なるほど」

僕は行ったことがないけれど、同人誌即売会は大きなものだと、何十万人も参加するのだと聞いたことがある。混雑した会場だから、気づかれずに写真を撮れたのかもしれない。

「勤めている会社の名前は？」

塚原が手帳に視線を落とした。

「樫原《かしはら》物産という、新宿区にある会社だそうだ。どんな会社かは、聞いてこなかった」

僕は軽く手を振った。「いいよ。それは、こちらで調べる」

僕は標的について詳しく調べないことにしている。知りすぎてしまうと、どうしても感情移入してしまうからだ。余計な感情移入は、失敗につながる。プロの殺し屋としては、避けなければならない。

とはいえ、標的が依頼人の言ったとおりの人物かは、確認する必要がある。樫原物産という会社は実在するのか。そこに宮永彩美という社員が在籍しているのか。宮永彩美は本当に立川市に住んでいるのか。最低でも、その点は確認しておかなければならない。依頼人がどのような人物かわからない以上、不愉快な目的で僕を利用する可能性もあるからだ。変な陰謀に巻き込まれて破滅するのはまっぴらだ。

普段なら、ここで塚原が「どうする？　受けるか？」と訊いてくるところだ。しかし塚原は手帳のページをめくった。

「そうそう。今回はオプションの依頼が付いている」

「オプション？」

つい、オウム返しになってしまった。

殺人の依頼には、殺害そのもの以外にも、さまざまな要望が付いてくることがある。多いのは「三日以内に殺してくれ」といった、期限を設定したものだ。他にもいろいろあるけれど、それらはすべて別料金だ。難易度別に、価格が変わってくる。塚原が言及したのは、それだ。

「伊勢殿によると、依頼人の希望は、こうだ。殺す際には、首筋に錐《きり》のようなものを突き立ててほしいと」

「殺害方法の指定か」

僕は鼻から息を吐いた。多くはないけれど、ときどきは来る。

「あんまり、好きじゃないけど、仕方がないか」

僕はそう言った。塚原が怪訝な顔をする。

「あれっ。そうだっけ」

「うん」僕は顔の前で指を組んだ。

「殺害方法の指定は、依頼人が標的に対して並々ならぬ思いを抱いているからだろう。警察に捜査のきっかけを与えるわけだから、避けたいというのが本音だ」

「でも、今まで断ったことはないだろう」

「今までは、断る必要を感じなかったからだよ。希望の殺害方法を聞いて、実行できそうならば受ける。失敗や露見の危険が高そうであれば断る。そのルールは変わっていない。とはいえ、僕はプロだからな。この身が危険に晒されない範囲でなら、顧客満足度を上げようとするのは当然だ」

ビジネスライクなもの言いに、塚原が苦笑を浮かべた。しかしその笑みが、含みを持ったものに変わった。

「それはよかった。でも依頼人の希望は、まだある」

また手帳に視線を落とす。

「錐は、一本じゃない。二本だ。それも、三、四センチくらいの間隔で、縦に並べてほしいということだ」

一瞬、返事ができなかった。塚原が言葉にした依頼内容を、頭に思い描いてみる。像が鮮明になったとき、僕は目を見開いていた。

「それって……」

「そう」塚原が手帳を閉じた。

「今回の依頼人は、吸血鬼らしい」

みなさんは、殺し屋と聞いて、どのような人物像を思い浮かべるだろうか。ダークスーツで左脇に拳銃を吊っている、サングラスの男か。やせこけて吊り目の、暴力団の指示で動く外国人なのか。あるいは、ラフなジャケットを粋に着こなす、ハンサムなタフガイだろうか。

残念ながら、僕はどれにも当てはまらない。中小企業相手に地道な経営コンサルタントをやりながら、副業で人殺しをやっている。この業界には組合がないから――本当はあるのかもしれないけれど、僕は加盟していない――僕は自分以外の殺し屋を知らない。だから、僕のスタイルが一般的かどうかもわからない。もっとも、殺し屋の標準的スタイルがあったとしても、僕がそれに合わせなければならない理由はどこにもない。だから、自由にやらせてもらっている。要は、依頼人の要望にきちんと応えればいいわけだし。

その依頼人の要望が、今回はとびっきり奇妙だった。首筋についた、二つの傷痕。縦に三、四センチの間隔で並んでいるとあれば、誰もが吸血鬼を想像するだろう。そんなことをして、依頼人になんのメリットがあるというのか。

わからなくても、依頼には回答しなければならない。受けるか、断るか。三日以内に返事をすることになっている。仕事を持ち込んでから二日後に、塚原が事務所に現れた。

「引き受けるよ」

連絡係に、僕はそう告げた。

塚原は頬を吊り上げた。少し髪が長めで、細い顔はよく日焼けしている。目はぎょろりとしているから、そんな顔をすると、僕よりもよほど殺し屋に見える。

「吸血鬼の真似事をする気になったか」

旧友のからかいに、僕は首を振った。

「それは、どうでもいい。この二日で調べたところでは、樫原物産は実在していたし、宮永彩美はきちんと在籍していた。宮永友和《ともかず》という夫と二人で、立川に住んでいることもわかった。依頼人がでたらめを言ったわけじゃないから、断る理由はない」

塚原の返答は短かった。「そうか」

僕はソファから立ち上がり、冷蔵庫に向かった。缶ビールを二本取り出す。戸棚からは、ビーフジャーキー。

　缶ビールを一本手渡し、同時に開栓した。軽く触れ合わせる。依頼を引き受けたときに行う儀式だ。

「それで、どうやるんだ？　実際に嚙んでみせるのか？」

　ビールをひと口飲んで、塚原が口を開いた。僕はビーフジャーキーの袋を開けながら答える。

「残念ながら、僕の犬歯はそれほど長くない。頸動脈を嚙みちぎっていいのなら、できるかもしれないけど、それでは依頼人の期待には応えられない」

「そうか」塚原が真面目な顔でうなずく。「殺し屋も吸血鬼も、たいして変わらない気がするけどな。どっちも夜に行動するし」

「経営コンサルタントは、真っ昼間の商売だよ」

　人殺しの話をするのにふざけすぎだとは思うけれど、二人ともこんな性格なんだから、仕方がない。塚原がビーフジャーキーを嚙んだ。

「まあ、殺し方は富澤に任せるよ。殺害方法指定のオプションは、プラス三十万円だ。苦労してでも、やる価値はあるぞ」

　殺人の報酬は、六百五十万円に設定している。東証一部上場企業の社員の平均年収が、だいたいそれくらいなのだ。日本を代表する企業戦士が、一年間懸命に働いて得られる金額を支払ってまで、標的を死なせたいか。その覚悟を問うているわけだけれど、これだけ仕事が頻繁に入るのだから、世間には覚悟がある人間が多いということなのだろう。

しかも今回は、プラス三十万円だ。三十万円あれば、一カ月くらいは余裕で生活できる。今回の依頼人は、覚悟に一カ月分の生活費を上乗せしてでも、宮永彩美が吸血鬼に殺されたことにしたいらしい。

「依頼人は、どうしてそんな殺し方をしたいんだろうな」

塚原が天井に向かって言った。「何かの目くらましだとしても、警察がそんなものに引っかかるわけないのに」

「まあ、引っかからないだろうな」僕は頭を使わずに答えた。「ただの、自己満足なんだろう」

塚原が瞬きする。「なんだ。やっぱり、依頼人の意図は考えないか」

「ああ」僕は即答した。「依頼人の考えを知るということは、依頼人そのものになるということだ。標的に対して余計な感情を抱いてしまうから、失敗のリスクが高まる」

「そういうもんかね」

「そういうものだよ。といっても、今回はちょっと調べてみるつもりだけど」

塚原がビーフジャーキーを飲み込んだ。「調べるって？」

「吸血鬼について。依頼人の心づもりは考えないけど、殺し方については少し考えた方が、より確実に殺せそうだから」

僕は缶ビールを飲み干した。

受諾の回答をすると、まず前金として三百万円が振り込まれる。そこから二週間以内に実行するのが取り決めになっている。

最近は振り込め詐欺対策から、窓口以外では一度に大量の現金を振り込めないようになっている。だいたい、一日の上限が百万円だ。だから依頼人は、百万円ずつ三日に分けて振り込んでくることが多い。最後の百万円の入金を、今日確認した。では、今から二週間が期限だ。

もっとも、それ以前から行動は開始している。具体的には、標的の監視だ。殺害には、なによりも標的の行動パターンを知ることが必要になる。ほんのわずかな時間でいい。他人の目のないところで一人きりになってくれさえすれば、実行できるのだ。

午前七時五分。宮永彩美は夫の友和と共に、アパートを出た。二人とも喫煙者らしく、駅までの道ではずっと煙草を吸っている。乗るのは中央線だ。彩美は友和を残して、新宿駅で下りた。友和は飯田橋の印刷会社で働いているから、そのまま四ツ谷まで行って、そこから総武線に乗り換えるのだ。

彩美は甲州街道を十分ほど歩いて、会社のある雑居ビルに入る。樫原物産は、主に中国から生活雑貨を輸入している商社だ。正午になると、昼食に出る。同僚と一緒だし、昼どきの新宿界隈はどこも人だらけだ。一人になることはない。

樫原物産の正確な終業時刻は知らないけれど、宮永彩美はたいてい午後六時十分過ぎに会社を出る。ちょっとした残務整理だけで、ほとんど残業はしていないと考えていいだろう。まっすぐ新宿駅まで行って、中央線に乗る。新宿から立川までは、快速ならば三十分前後だ。駅前のスーパーマーケットで買い物をして、午後八時前にはアパートに帰ってくる。

監視を始めて三日。平日とはいえ、判で押したように同じ行動パターンだった。深夜一時過ぎまで灯りがついているのも同じだ。夕食を総菜で済ませて、空いた時間に同人マンガを描いているのだろう。アパートには夫がいるから、一人きりではない。

——厄介だな。

僕は心の中で嘆息した。なかなか一人きりになってくれない。それならそれで方法はあるのだけれど、安全に実行できるのなら、それに越したことはない。もう少し監視を続けた方がいいようだ。

僕は窓の灯りが消えたのを確認して、アパートから離れた。電車が終わる時刻まで監視する覚悟をしていたから、少し離れたところにあるコンビニエンスストアの駐車場に、スクーターを止めてある。ここの駐車場に防犯カメラがついていないことは確認済みだ。店内には入らず、スクーターに向かう。ヘルメットを被る前に、携帯電話を取りだした。メール画面を呼び出す。

『今から、行っていい?』

それだけ打って、送信する。一分かからず返信が来た。

『いいよ』

『一時間くらいで着くと思う』

『了解』

今から一時間後だと、深夜二時になる。訪問するには非常識な時間帯だけれど、彼女に限ってはそんなことはない。僕はスクーターにまたがり、ヘルメットを被った。エンジンは二五〇ccだから、多少距離があっても無理なく移動できる。スクーターを発進させた。

今日は、彼女に尋ねたいことがあるのだ。


「吸血鬼？」

グラスの準備をしながら、岩井《いわい》雪奈がへんてこな声を出した。「何、それ」

「言ったとおりの意味だよ」

三人掛けのカウチソファに座りながら、僕は答える。三人掛けといっても、三人が座る目的で購入したものではない。基本的には、雪奈が一人で寝転んで、仮眠を取るのに使っている。ちゃんと座るのは、僕が来たときだけだ。

「どうやら僕は、吸血鬼にならなきゃいけないらしい」

答えながら、視線を机に向ける。大きなモニターが二台載っているのが見える。加えて、大型の液晶タブレットも。今は、電源が切られている。モニターは何も映しだしてはいなかった。

「変なの」

白ワインとチーズを載せたトレイを、ガラステーブルに置く。僕の隣に座った。

「今さらなんだけど、今日は、来ても大丈夫だったの？　〆切とか」

「ああ。それは問題ない」雪奈は片手を振った。動きに合わせて、左右のおさげが揺れる。「一昨日送ったから。今は、来月号のネームを切ってるところ」

雪奈はプロのマンガ家だ。美大時代に商業誌デビューして、卒業と共に専業になった。今は、月刊誌で連載している。単行本も二冊出しているから、まずまず順調といっていいだろう。

多くのマンガ家がそうであるように、雪奈はほぼ昼夜逆転の生活を送っている。だから深夜に訪れても問題ないわけだ。僕たち一般人の感覚に変換すると、夕方の四時か五時くらいにやってきたようなものらしい。しかも相手が僕だ。来客だからと、慌てて着替えたりメイクしたりする必要もない。すっぴんにジャージの部屋着――本人は仕事着だと言い張っている――のままでいいから、気楽なものだ。

グラスに白ワインを注ぐ。軽くグラスを触れ合わせた。ニュージーランド産の白ワインらしく、草のような爽やかな香りがした。チーズはパルミジャーノ・レッジャーノだ。白ワインに、よく合う。

雪奈が唇についた白ワインを舐《な》め取った。

「それで、何が吸血鬼なの？」

「今度の仕事」

僕は、奇妙な依頼内容について雪奈に話した。僕が殺し屋だと知っているのは、高校時代からの友人である塚原と、恋人である雪奈の二人だけだ。このうち塚原は連絡係をやってもらっているから、殺害そのものに関する話はしない。必然的に、仕事の相談ができるのは雪奈一人ということになる。

標的の素性について話すと、雪奈は目をぱちくりさせた。「同人作家なんだ」

「そう。ペンネームは羽生玲《はにゅうれい》。サークル名はノイヴァンシュタインＴＯＫＹＯ。知ってる？」

雪奈は素っ気なく首を振った。「知らない。元々コミケとか行かない派だから、同人作家に詳しくないんだ」

「こんな本なんだけど」

僕はデイパックから薄い冊子を取り出した。「秋葉原で買ってきた。羽生玲氏の同人誌だよ」

表紙には、暗い森に佇む少女のイラストが描かれていた。受け取って雪奈がぱらぱらとめくる。

「ファンタジーなんだ。なかなか、うまく描けてるね」

上から目線の発言だけれど、プロがアマチュアを評価しているのだから当然だろう。

同人誌を閉じて、ガラステーブルに置いた。

「追加情報。この人はマンガを描くだけじゃなかったようだ」

「っていうと?」

「コスプレが趣味だったらしい。ネットで検索したら、画像が出てきた。本人がブログに載せていたものだ」

またデイパックに手を突っ込み、今度はクリアファイルを取り出す。クリアファイルには、宮永彩美の昔の写真が入っている。

「レイヤーさんか」

アニメーションかゲームのキャラクターだろうか。緑色のカツラを被って、ビキニと大差ない露出度の服を着ていた。手には大きな剣を抱えている。現在よりもふっくらとしているため、より肉感的な魅力があった。同人誌即売会というお祭り空間だから、こんな恰好《かっこう》をしても恥ずかしくないのだろう。日常生活では、人前でこれだけ露出するのは勇気が要る。

「かわいいじゃんか」

「今はやっていないみたいだけどね」僕は塚原から渡された写真も取り出して、コスチュームプレイの写真と並べた。「今は、こんな感じだ。コスプレの画像は、二年前のものらしい。それより新しい画像はアップロードされていない」

「それって、結婚したからかな」

「いや。結婚したのは三年前だ。新婚ほやほやの頃には、コスプレしていたことになる」

「でも今は引退して、執筆一本に絞ったわけだ。プロデビューを狙ってるのかな」

ライバル出現だ、とつぶやいた。

「でも、すぐにトミーに殺されちゃうから無理か」

雪奈は僕のことをトミーと呼ぶ。名前が富澤允だから、昔からよく呼ばれているのだ。彼女も友だち時代にそう呼び始めて、特別な関係になってからも続けている。

「殺すのは殺すんだけど、その殺し方が悩みの種なんだ。三、四センチの間隔で、縦に
錐の傷がふたつだ。誰だって、吸血鬼が血を吸った痕を想像するだろう」

「そうかな」

言うなり、雪奈が顔を寄せてきた。僕の首筋に噛みついてくる。軽く歯を当てた。すぐに離れ、自分が噛んだ箇所を確認する。

「なるほど。確かに、縦方向だね」

ガラステーブルのティッシュペーパーを一枚抜き取って、唾液のついた首筋を拭いてくれた。

「どうして依頼人がそんな殺し方を指定してきたのかは、考えなくていい。でも、吸血鬼についての周辺情報を集めた方がいいと思ってね。残念ながら僕は、そっち方面には詳しくない。だから、ユキちゃんに聞こうと思って、こんな夜更けに押しかけたんだ」

「吸血鬼、ねえ」雪奈が白ワインを飲んだ。「わたしも、それほど詳しいってわけじゃ

ないよ。昔から伝承はあったんでしょうけど、今定着してる吸血鬼像は、ブラム・ストーカーって人の小説が元になってるんだよ。その名も、『吸血鬼ドラキュラ』。あの有名な人ね。美女の首筋に牙を突き立てて血を吸うとか、血を吸われた人も吸血鬼になっちゃうとかが、小説に書いてあるの。いってみれば、聖典ね」

さすがにその名前は僕も知っている。小説が元だったことは知らなかったけれど。

「わたしもはっきりと憶えてないけど、不老不死だとか、太陽の下では活動できないとか、棺桶で眠ったりするとか、胸に杭を打ち込まれると死ぬとかいうのも、この本が元ネタだと思う。でもその後、多くの人が色々な吸血鬼の話を書いたから、吸血鬼といえばこれだという定型はないんじゃないかな」

「血を吸うくらい？」

「そう。だからトミーの仕事の助けにはあんまりならないと思うけど、この人が吸血鬼に襲われるってのは、理解できるよ」

「えっ？」

思わず訊き返した。いったい、どういうことだ？

雪奈はガラステーブルの同人誌を指さした。

「この人のペンネームは、羽生玲なんでしょ？　さっき言った『吸血鬼ドラキュラ』以外にも、吸血鬼好きには聖典扱いされている小説があるんだ。『吸血鬼カーミラ』っていう、女吸血鬼が出てくる話なんだけど、その作者が、レ・ファニュって人」

雪奈の言いたいことに想像がついた。

「レ・ファニュ――はにゅう・れい、か……」

雪奈はにんまりと笑った。

「そう。描いているジャンルもファンタジーだし、ペンネームの由来はそこで間違いないよ」

「吸血鬼好きの女性が、吸血鬼に襲われて死ぬ。依頼人が描きたかったのは、そんな絵なのか」

「だと思う」

ふうっと息を吐いて、ソファに背中を預けた。

「依頼人の指定した殺害方法。ひょっとしたら全然別の意味があるんじゃないかと思ったんだけど、違ったな。見たまんまのことをさせたいらしい」

僕はチーズをひとつつまみ、口に放り込んだ。よく嚙んで飲み込む。

「だとしたら、あんまりみっともない傷痕にはできないな。きちんと吸血鬼の痕跡に見せかけないと、顧客満足度が下がる」

雪奈が眉間にしわを寄せて笑った。

「まったく、妙なところでプロ意識が高いんだから」

そして僕の肩をぽんと叩く。

「でも、心配しないでいいよ。トミーは吸血鬼じゃないから、殺したはずの羽生玲さんも、吸血鬼になって甦《よみがえ》ったりしない」

僕は渋面を作った。

「よしてくれ。殺した人間に生き返られたりしたら、商売あがったりだ」

「それもそうか」

雪奈がころころと笑った。夜中に作業するため、近所迷惑にならないように、防音性能に優れたマンションに住んでいるのだ。だから安心して殺人の話ができるともいえる。

「とにかく」雪奈が白ワインを飲み干した。「間違っても、捕まったりしないでね」

「しないよ」

答えながら、妙な違和感が脳を侵食するのを感じていた。この違和感は、なんだ？吸血鬼については、雪奈の解説で、納得したんじゃなかったのか。

いや、違う。

僕は違和感の正体に行き当たった。ガラステーブルを見つめる。そこには、宮永彩美の現在の写真と、二年前のコスチュームプレイをしている写真。そして彼女が描いた同人誌が並べられている。宮永彩美――羽生玲。

突然、頭の中で像が結ばれた。

「そうか……」

思わず口が動いていた。雪奈が不思議そうな顔でこちらを見る。僕は恋人に笑顔を向けた。

「具体的な方法を思いついたんだ」

それほど嘘でもない。雪奈は納得したのか、白ワインのボトルを取り、ふたつのグラスを満たした。

「今日は、泊まっていくんでしょ？」

「ああ」僕は頭を掻いた。「酒を飲んじゃったから。スクーターを運転できない」


新宿の雑居ビル。

正午少し前に、僕はビルに入った。

こっそり潜入したわけではない。正面玄関から堂々と入った。二階にチケットショップがあるから、ビル関係者でなくても入れるのだ。エレベーターの中には防犯カメラがあるけれど、玄関や通路には備え付けられていないことは、すでに確認している。

僕は奥の階段を上った。樫原物産のある三階を通り過ぎる。四階、五階と上がっていき、五階で通路に戻った。五階のオフィスはどこかの会社が出て行ったか倒産したかで、今は空きになっている。つまり、誰も来ない。僕は五階に身を潜めた。ここで、宮永彩美が昼食から戻ってくるのを待つ。

宮永彩美は同僚と共に昼食に出て、一緒に戻ってくる。そこに一人きりになる余地はない。しかし監視を続けるうちに、わかったことがあった。

キーワードは、煙草だ。宮永彩美は喫煙者だ。自宅から駅までの道のりでも煙草を吸っていたことを考えれば、かなりのヘビースモーカーだと考えていいだろう。だとすると、昼食後の一服をしたがるはずだ。しかし最近の東京は、喫煙者に厳しくなっている。ランチタイムは全席禁煙という店も少なくない。オフィスも同様だ。では、彼女はどこで煙草を吸うのか。

探したら、喫煙場所が見つかった。非常階段だ。ドアから出てすぐのところに灰皿が置いてあり、喫煙者はそこで煙草を吸うルールになっているようだ。非常階段は往来からは死角になっているから、美観を損ねることもない。いいアイデアだと思う。喫煙者にとっても、僕にとっても。

十二時三十分になった。そろそろ宮永彩美が昼食から戻ってくる頃だ。僕は五階の通路から非常階段に出て、こっそり階下を窺う。ドアが開く音がした。続いて閉まる音。下を覗く。いた。宮永彩美だ。この時間帯、煙草を吸いに出るのが彼女一人というのは、すでに確認済みだ。チャンス。

僕は非常階段を下りた。こそこそする必要はない。ポケットから煙草を取り出し、左手に持った。

三階に着いた。宮永彩美は煙草を吸いながら、スマートフォンをいじっていた。僕の気配に気づいて顔を上げたけれど、僕が煙草を持っているのに気づくと、軽く会釈をして、またスマートフォンに視線を落とした。行動と目的がはっきりしていたら、赤の他人でも怪しまない。人間はそのようにできている。今の宮永彩美は、完全に無防備だ。

僕は煙草を左のポケットにしまうと、右のポケットからフォークを取り出した。四本ある歯のうち中央の二本を折り取って、両端の歯をやすりで削って鋭くしてあった。さらに歯は左右に広げて、幅を三センチくらいにしてある。

僕は宮永彩美との一歩の距離を詰めた。気配に気づいて彼女が顔を上げる前に、両肩をつかんでドアに向けさせた。ドアにはガラスがはまっている。今は、自分の姿が映っているはずだ。しかし自分の身体に隠れて僕の顔は見えない。左手で口をふさぎ、右手で首筋にフォークを突き立てた。頸動脈の位置だ。ずぶりと歯が入り込む感触があった。こじってから引き抜く。首筋に空いたふたつの穴から、勢いよく血が噴き出した。

宮永彩美は驚いたような顔をしたけれど、その瞳からはすぐに光が失われていった。左手を離すと、その場に頽《くずお》れる。これだけの出血では、もう助からない。宮永彩美は、間違いなく死ぬ。フォークは、その場に捨てた。

僕は憐れな犠牲者の顔を見下ろした。そしてその表情を見て、納得した。

宮永彩美は、安堵したような表情を浮かべていた。

もう、ここには用はない。二階にも四階にも喫煙者がいないことを確認して、非常階段を下りる。履いているのはボルダリング——屋内の壁登り競技——に使用する靴だ。靴底が柔らかいゴムでできているから、滑りにくくて足音が立たない。非常階段を上り下りするには最適だ。誰にも気づかれずに一階まで下りた。狭いビルの間を抜けて、裏通りに出る。今日は靴に合わせるためスーツを着ていないけれど、怪しむ人間はいない。

僕は大勢の通行人に紛れて、新宿駅に向かった。

今回も、成功した。


「安堵って」

雪奈が戸惑った声を上げた。

「殺されたのに、どうして安堵したの？　苦悶《くもん》の表情を浮かべるか、逆に何が起こったのかわからないまま驚いた顔で死ぬのが普通じゃないの」

「普通かどうかはともかく」僕は答える。「少なくとも、宮永彩美は安堵していたんだ」

金曜日の深夜。僕は雪奈のマンションを訪れていた。マンガ家である彼女には曜日はあまり関係ないけれど、こちらは土日が休みの経営コンサルタントだ。夜更かしするのなら、やっぱり週末がいい。そして僕が宮永彩美殺害の顚末について語ったところ、返ってきた反応が、先の科白だったわけだ。

「訳、わかんない」

不満そうにワイングラスを取る。そこに残っていた液体を飲み干した。僕がボトルを取り、白ワインを注いだ。僕もワインを口に含む。

「どこから説明しようか。そうだな。まず、この前説明してもらった、ペンネームから。宮永彩美が『吸血鬼カーミラ』を書いたレ・ファニュから取って、羽生玲というペンネームを使った。本人の発案かどうかはともかく、使い続けているんだから、気に入っていたんだろう。ユキちゃんは宮永彩美が吸血鬼好きだと考えたし、僕もそれに賛成した」

「そうね」

「でも、僕は引っかかった。なぜなら、吸血鬼に血を吸われた人間は、吸血鬼になるだけで、決して死ぬわけではないからだ。ユキちゃんは吸血鬼の特徴については多くのバリエーションがあるという意味のことを言っていたけれど、聖典と呼ばれる小説の作者をペンネームにしているんだから、その認識も古典をベースにしていると考えた方がよさそうだ。つまり、吸血鬼に襲われても、死なないと。そのことを知っている相手を、吸血鬼の仕業に見せかけて殺すというのは、変じゃないか？」

「確かに、変、だけど」

雪奈はつっかえながら答えた。「仕方がないんじゃないの？　だって、依頼人は殺すことが目的だったんだから」

「それなら、あんな妙な殺し方を指定しないだろう。金を払って殺人を依頼する以上、依頼人は具体的な成果を得たいわけだよ。もちろんそれは、標的が死ぬという成果だ。しかし今回の依頼人は、それ以上の何かが欲しかった。それが、あの奇妙な殺し方につながった」

「訳、わかんない」

雪奈がもう一度言った。「単に、依頼人が吸血鬼について知らなかっただけじゃないの？」

「もちろん、その可能性もある」

僕は肯定しながら否定した。

「でも、そんな人物がプラス三十万円も払うだろうか。依頼人がどんなお大尽なのか知らないけれど、いい加減な知識で追加料金を支払うのも、奇妙なことに思えた」

「そうかもしれないけど……」

「次に考えたのは、宮永彩美の死に様を、他の誰かに見せつけることだ。たとえば、同人仲間。彼女の所属しているサークルは、ファンタジー専門だ。他の同人も、同様に吸血鬼に詳しいと考えていいだろう。彼ら彼女らに、吸血鬼に襲われて宮永彩美が死んだとアピールする。吸血鬼に血を吸われても、吸血鬼になんてならない。ただ死ぬだけだと、聖典を嘲笑するような行為」

「それに」雪奈は白ワインを飲む。「何の意味があるの？」

僕の答はあっさりとしたものだった。「ない」

「えっ？」

「それだと、座興になってしまう。少なくとも、六百八十万円払って、人を殺すという大罪を犯してまでやることじゃない。僕はそう思う。だから、この説も捨てた」

「だったら、なんなのよ」

話について来られなくて、雪奈は拗《す》ねたような顔になった。僕にだけ見せる、甘えた仕草。

「依頼人自身のためじゃない。他の誰かのためでもない。では、誰のためなのか。残るは一人。宮永彩美本人だ」

雪奈が咳き込んだ。白ワインを飲もうとして、誤って気管に入れてしまったのだろう。背中をさすってやる。

「バカ」息も絶え絶えに雪奈が抗議する。

「それは、たった今トミー自身が否定したじゃない。宮永彩美は、吸血鬼に血を吸われても死なないことを知ってるって。それなのに、どうして宮永彩美のためなのよ」

「そう」僕はまた肯定した。否定するために。

「宮永彩美は知っている。不老不死の吸血鬼に血を吸われたら、自分も不老不死の吸血鬼になることを。僕も死んだことがないから自信を持って言えないけど、大量出血して意識が朦朧《もうろう》となるときには、そんな妄想を抱かないだろうか。自分にとっての真実を信じないだろうか」

「………」

「そこまで考えたときに、思いだしたものがある。これだ」

僕はガラステーブルを指し示した。二年前のコスチュームプレイをしている宮永彩美と、現在の宮永彩美。

「彼女は、今はコスプレをやめている。でもそれは、ユキちゃんが指摘したように、結婚を機にやめたわけではなさそうだ。赤の他人に肌を見られる行為を、結婚を機にやめるというのは、納得できる判断だ。でも、宮永彩美はそうしなかった。旦那がいても、変わらずにコスプレしていた。なのに、それから一年経って、なぜやめた？　ユキちゃんが指摘したように、プロのマンガ家を目指したのか。それとも——」

僕は写真を指さした。まず二年前の写真を。それからゆっくり人差し指を動かして、現在の写真を。

雪奈が目を見開いた。

「痩せた、からなのね……」

「そう思う」

僕は二枚の写真を取った。

「わずか二年の間に、急激に痩せている。ダイエットしたのか。それにしては、現在の宮永彩美は痩せすぎている。まるで、鉛筆みたいに」

唾を飲み込む音が聞こえた。

「宮永彩美は、病に冒されていた。もっといえば、癌……」

僕は写真に向かってうなずいた。

「その可能性があると思った。若い時分の癌は、進行が早いと聞く。体調の変化を不摂生のためだと甘く見ているうちに発見が遅れて、手の施しようのない状態になっていたとしたら？」

雪奈もまた、写真を見つめていた。

「ダイエットの成果なら、コスプレをやめたりしない。でも、自分の意思でなく痩せたのなら、単に衰えたということ。彼女のコスプレは、肌を大胆に露出するものがある。衰えた身体では、できない」

「そこで、依頼人の登場だ」

写真をガラステーブルに戻す。

「宮永彩美の身体は、すでに治療でどうにかなる状態ではなくなっていた。だから、あえて生活を変えさせなかった。身体に悪いからといって、煙草もやめさせなかった。睡眠不足の元になる、マンガを描くという行為も。好きにさせる。それが依頼人の判断だった。けれど、それだけでは収まらない。死ぬのは仕方がない。でも、その上で彼女を救ってあげたかった。そんなふうに考えると、依頼人の意図が見えてくる」

突然、右腕に衝撃が走った。雪奈が両手で僕の右腕をつかんだからだ。その両手が震える。

「まさか、トミーの言いたいことは、こういうことなの？　吸血鬼に襲われたなら、宮永彩美は死なない。吸血鬼になって、永遠を生きることができる。あの殺し方は、宮永彩美にそう錯覚させるためだったというの？」

僕は右腕をつかんだ手に、左手を重ねた。

「依頼人の狙いがそこならば、依頼人は誰よりも宮永彩美のことを大切に思っている人間だ。彼らのアパートには、実家の両親らしき人間は出入りしていない。ということは、依頼人は夫だ」

雪奈の両手の震えは、ますます大きくなっていった。

「トミーは、殺す直前に宮永彩美をドアに向けさせた。ガラスがはまっていて、自分の姿が見える向きに。首に痛みが走って、次の瞬間には二つの傷から血が噴き出した。その光景を、宮永彩美は見た。それまでにも、夫による刷り込みがあったのかもしれない。朦朧とした意識の中で、彼女は自分が吸血鬼に襲われたと思った。よかった。これで自分は永遠に生きられる。しかも、大好きだった吸血鬼になって。そう思わせてあげるための行動だったの？　それに成功したから、宮永彩美は安堵の表情で死んでいったの？」

僕は口元だけで笑ってみせた。

「顧客満足度は、上げておかないとね」

雪奈は返事をしなかった。ただ、僕の右腕をつかんだままだった。

それきり二人とも黙った。雪奈は僕の肩に頭を載せた。

かなりの時間が経って、雪奈が口を開いた。

「わたしね。ときどき想像するんだ。自分がトミーに殺されるシーンを」

そんなことを言った。

「殺し屋とつき合っているわたしが、当の殺し屋に殺される。なんだか、すごくありそうな気がするから」

「そんなこと、ないよ」

僕は否定した。本音で。

「僕は、ユキちゃんを殺したりはしない。絶対に」

雪奈はがばりと身を起こした。正面から僕を見据える。「本当に？」

「本当に」

僕も雪奈の目を見て、大まじめな顔で言った。

「だって、僕は君とつき合っているじゃないか。もし君が殺されたら、警察が真っ先に疑うのは、僕だ。疑われるのは、困る」

「えっ」雪奈の声は、喉に引っかかった。「じゃあ……」

「僕は君を殺さない。でも、万が一君に死んでもらう必要が生じたら、採る手段はひとつだ」

僕は、恋人に優しく微笑みかけた。

「他の殺し屋を雇うよ。六百五十万円支払ってね」

# 標的はどっち？

朝のコンビニエンスストアは、混雑していた。

このコンビニエンスストアは、都心のオフィスビルの一階に店を構えている。だからビルで働いている会社員たちが、出勤前に職場で食べるものを買いに立ち寄るのだ。

スーツ姿の僕は、ドリンクの入った冷蔵庫を眺めながら、視線の隅にお菓子コーナーで品定めしている女性客を捉えていた。

肩甲骨の中程まで伸ばしている、焦げ茶色の髪。大振りの黒縁眼鏡が大きな目を際立たせている、なかなか顔だちの整った女性だった。スーツ姿に首から社員証をかけている。彼女は箱に入ったチョコ菓子を手に取って、レジへと向かった。飲料を買わないのは、水筒を持参しているからだろうか。会計を済ませて、同僚たちと共に店を出る。ここから先は追えない。

六陸《ろくりく》商事で働く、佐田《さだ》結愛《ゆあ》。

はたして、彼女はターゲットなのだろうか？

＊＊＊

「仕事が来たぞ」

事務所に入るなり、塚原俊介がそう言った。

今日は日曜日。勤務先の区役所は休みのようで、私服で現れた。精悍な顔にピーコートを着込んでいるから、軍人のように見える。コートを脱いで、椅子の背もたれにかけた。そのまま椅子に座る。コートの下はネルのシャツとジーンズだ。これまた休暇中の戦士といった印象を受ける。

一方の僕は、中小企業専門の経営コンサルタントだ。小さな会社だと、平日は社長が一人で何でもやらなければならない。経営相談を休日に受けられるよう、週末も事務所を開けていることがあるのだ。今日も、ちょうど顧客が帰ったところだった。

「どんな奴だ？」

僕は読んでいた書類をしまって、連絡係に尋ねる。塚原はボディバッグからルーズリーフ式の手帳を取り出した。ふせんの貼ってある箇所を開く。

「名前は佐田結愛。埼玉県の朝霞《あさか》市に住んでいる」

塚原は住所を読み上げた。同時にルーズリーフを見せてくれる。紙面には漢字で書かれた住所と、ゼムクリップで留められた顔写真。僕は一瞥《いちべつ》して、住所の字面と顔を記憶した。殺し屋稼業などやっていると、どうしても文字として残さずに記憶に留めておかなければならないことが増えてくる。訓練の賜物か、学生時代よりも記憶力は増した気がする。

写真は隠し撮りらしい。目線が来ていない。まあ、これは殺人の依頼には普通にあることだ。きちんとレンズを見ている写真を出すと、依頼人が知り合いである可能性が高まる。依頼人は自分と標的の関係を隠したいだろうから、仮に標的が知り合い——夫や妻であったとしても——わざわざ隠し撮りするのだ。

そんな隠し撮りではあるけれど、顔は判別できる写りになっている。写真の佐田結愛は、二十代後半くらいの女性だった。黒髪を耳が出るくらい短くしている。顎も細く目も細い。全体的にシャープな印象を与える顔だちだ。

「他の情報は？」
「ない」
「オプションは？」
「ない。どうする？　受けるか？」

連絡係の問いかけに、僕はいつもどおりの返答をした。

「写真の人物が本当に佐田結愛で、その住所に住んでいたら、受けるよ」

依頼を受けたら、三日以内に引き受けるかどうか回答するよう、取り決められている。今日が日曜日だから、明日の月曜日から起算して水曜日までに回答すればいい。三日あれば、本人確認は難しくない。

「わかった」塚原は手帳を閉じた。「結果を聞きに、火曜の夜にまた来るよ」

　立ち上がる。

「了解」

　僕は出入口まで出て、塚原を見送った。

　そういえば、事務所のビールが残り少ない。仕事を引き受けたときには塚原とビールを飲む儀式を行うことになっている。買い足しておかなきゃ。


　六百五十万円。

　僕が殺人を請け負うときの料金だ。殺し屋稼業を始めたときに、料金設定の基準にしたのがサラリーマンの給料だった。東証一部上場企業の社員の平均年収が六百五十万円くらいだったから、そのまま流用したのだ。

　僕は自分以外の殺し屋を知らない。だから同業者がどのくらいの報酬を得ているのかも、わからない。みんな一千万円以上の料金を請求しているのかもしれないし、実は百万円くらいで人殺しをしているのかもしれない。依頼人の方も、複数の殺し屋から相見積もりを取って、最も安価な業者に依頼している可能性がある。

　ともかく、この料金設定で需要があるのだから、少なくとも高過ぎるわけではないのだろう。経営コンサルタントの本業収入はたいしたことがないけれど、副収入のおかげで楽な暮らしができている。

やるべきことをきっちりやってこその職業だ。それは経営コンサルタントでも殺し屋稼業でも変わりない。依頼のあった日曜日のうちに、教えられた住所に佐田結愛が居住していることを突き止めた。写真の人物がハンドバッグから鍵を取り出して、玄関ドアの鍵を開けたことも確認している。これで承諾の返事ができる。後は、二週間以内に実行するだけだ。そのはずだった。

「おつかれ」

火曜日の夜。ねずみ色のコートを着た塚原がやってきた。コートを脱ぐと、地味なスーツ姿だ。こんな恰好を見ると、あらためて塚原が地方公務員であることを再認識する。

「あら、塚原さん。いらっしゃい」

僕の横に座る岩井雪奈が声をかけた。塚原がぎょろりとした目を雪奈に向ける。

「おや、雪奈ちゃん。珍しい」

「出版社に行く用事があったんだ。夕食の誘いを『いえ、今から彼氏とデートなので』って言って断ってきたんだよ」

「あちゃあ」塚原が大げさにのけぞった。「邪魔しちゃったか。ごめんごめん。すぐ帰るから、大丈夫だよ」

雪奈はプロのマンガ家だ。近々三冊目の単行本が出る予定だそうで、飯田橋の出版社で打ち合わせをしてきたらしい。仕事で都心まで出てきたから、さすがに化粧している。

整えられた栗色の髪はつやつやしているし、童顔も少し大人っぽい。普段からボサボサ頭のすっぴんを見慣れている僕としては、綺麗と思うよりも違和感が先に立つ。もちろん、そんなことは口には出さない。

塚原が僕に視線を移す。

「それで、我らが経営コンサルタント殿は、どうしてそんなにぐったりしてるのかな？」

指摘のとおり、僕は脱力した身体をソファの背もたれに預けている。視線だけを連絡係に向けた。

「昨日今日と大忙しだったんだ。事前確認に手こずってね」

「ほう、珍しい」塚原が目を大きくする。「それで、どうだ？　引き受けるか？」

僕は疲れ切った顔を旧友に向けた。

「それなんだけど、迷っている」

塚原が瞬きした。「っていうと？」

僕はのそりと起き上がると、デスクの引き出しを開けた。写真を二枚取り出す。ソファに戻って、そのうち一枚をテーブルに置いた。日曜日に塚原から受け取った写真だ。

「伊勢殿の話だと、標的は『埼玉県朝霞市に住んでいる、佐田結愛』だよな」

塚原は手帳を取り出すこともなく首肯した。「ああ。そう聞いている」

「そしてこの写真を渡された」

「そうだよ」

答えながら、僕の言いたいことがわかったらしい。眉間にしわを寄せた。

「まさか、この女が佐田結愛じゃないっていうのか？」

僕は直接答えず、もう一枚の写真をテーブルに並べた。コンビニエンスストアで隠し撮りしたものだ。写りは受け取った写真と同様、ほめられたものではない。それでも顔だちは判別できる。片方は黒髪のショートカット。細い顎に細い目。もう片方は焦げ茶色の髪。大きな目と黒縁眼鏡。二人の女性は、まるで違う顔だちだった。メイクとか光の加減とかで説明できるような差異ではない。明らかに別人だ。

「今日までにわかったこと。まず、件の住所には、佐田結愛という人物が住んでいる。ただし、一人でじゃない。この二人が一緒に暮らしている」

雪奈が二枚の写真を見比べながら言った。

「シェアハウスってやつかな。女の子二人が家賃を節約するために同じアパートに住むって話は、よく聞くから」

「そうかもしれない。僕が確認したかぎりでは、他の居住者はいない。二人暮らしだと思う」

「それで」塚原が口を挟んだ。「受け取った写真の女は、佐田結愛じゃないんだな？」

僕は片手を挙げて、勢い込む友人を制した。

「話はそう単純じゃない。月曜日の朝、僕は出勤する二人を尾行した。これから実行するためには、生活パターンを知っておく必要があるからな。二人は一緒に朝霞駅まで歩いていって、東武東上線に乗り込んだ。二人とも池袋駅で下りた。ところが、そこから二人の進む方向が分かれた。もらった写真の方、黒髪の女性は東口の方に歩いていき、目の大きな女性の方は丸ノ内線の改札を通ったんだ」

「ふむ」塚原が気の乗らない相づちを打った。だからどうしたという顔だ。僕は先を続ける。

「どちらの尾行を継続するか。当然、受け取った写真の方だ。僕は丸ノ内線に乗ることなく、黒髪の女性の後を追った。女性は東口から五分ほど歩いて、小さな旅行代理店の通用口に入っていった。開店まで待っていたら、制服姿でカウンターに座っているのが見えたよ」

「そこで、別の名前のネームプレートをつけていたか」

塚原が言い、僕は再び制した。

「僕は旅行代理店に入って、いかにも下調べを装って、ハワイ旅行のパンフレットを集めた」

「あら」雪奈が頰に手を当てた。「連れて行ってくれるの？」

どうして僕の周囲には、話の腰を折る人間が多いんだろう。無視して先を続ける。

「そうしながら黒髪の女性を観察していた。そうしたら、胸のネームプレートが読み取れた。ネームプレートには『佐田』と書かれてあったんだ。確認のために、僕は通用口に回った。雑居ビルだからか、鍵はかかっていなかった。ドアの奥にタイムレコーダーとタイムカードが置かれていて、確認したら『佐田結愛』のタイムカードがあった」

「えっ？　えっ？」

塚原が戸惑ったような声を出す。この男には珍しい。「とすると、やっぱり写真の女が佐田結愛なのか？」

僕は答えず、笑ってみせた。

「今日の朝は、丸ノ内線に乗った。目の大きな方を尾行するためだ。彼女は大手町で下りた。入っていったのは、六陸商事の本社ビルだ」

「六陸商事」塚原が口笛を吹く真似をした。「俺でも知ってる、東証一部上場の大企業じゃないか」

「そうだ。目の大きな方は、まず一階のコンビニに入った。そこで菓子を買って、会社の入場ゲートから中に入っていった。さすがにそこから先は追えないけれど、コンビニの中で、社員証を確認することができたんだ。首から提げた社員証に印刷されていたのは、佐田結愛という名前だった。写真も本人のものだった」

「………」

今度こそ、二人とも黙り込んだ。

僕は立ち上がって冷蔵庫に向かった。缶ビールを三本取り出す。遅れて立ち上がった雪奈が、戸棚からビーフジャーキーの袋を取ってきてくれた。ビールとビーフジャーキーは、依頼を引き受けたときの儀式だ。今回はまだ引き受けてはいないけれど、ビールを飲みたい気分だった。

三人同時に缶ビールを開けて、同時に口に運んだ。ふうっと息をつく。

「朝霞市の住所には、確かに佐田結愛が住んでいた。けれど同じ住所に、二人の佐田結愛が住んでいる。黒髪の、旅行代理店に勤務している佐田結愛と、目の大きな、六陸商事に勤めている佐田結愛が。依頼人が示してきたのは、旅行代理店の佐田結愛だ」

僕はまず塚原を、続いて雪奈を見た。「どういうことなんだろうね」

二人は黙り込んだ。しかし僕はなぞなぞを出しているつもりはない。すぐに先を続けた。

「妙だったから、調べてみたんだ」

デスクのパソコンを指し示した。ちょっと工夫がしてあって、あのパソコンで調べた情報は、履歴が辿れないようになっている。

「仕事を引き受けるかどうか、回答するのは明日だ。調べられるのは今日しかない。時間がなかったから、とりあえず就職サイトにアクセスして、六陸商事がよく採用している大学を調べた。掲載されていたのは全部じゃなくて、主なところだけだけれど。そこから『大学名　佐田結愛』のキーワードで検索をかけたら、東京流通大学のページが引っかかってきた」

「なるほど」雪奈が感心したような声を出した。「そんな調べ方があったんだ」

あまり意味のない感心だから、反応せずに進める。

「ゼミがやっているブログだ。七、八年前のページに、目の大きな方がいた。名前もちゃんと佐田結愛になっていた」

「えっ」塚原が目を見開く。「じゃあ、やっぱり——」

「ブログには何枚もの写真がアップロードされていた」僕は塚原を遮り、話を続けた。「気になったから、すべての写真を子細に観察した。そうしたら、黒髪の方を見つけた。色々なキーワードで検索をかけまくったら、なんとか個人名を特定できた。二階梨乃《にかいりの》というのが、黒髪の名前だ。目の大きい佐田結愛と、大学で同じ研究室のゼミだった。それがわかったから、昼過ぎに二人の家に行って、郵便受けを確認した。そうしたら、ダイレクトメールの中に、二階梨乃宛のものがあったよ。彼女が二階梨乃であることは確実だ。ちなみに黒髪は昨日、午後五時に会社を出て、そのまままっすぐ家に帰った。今日の六陸商事は、午後六時半に会社を出ると、銀座に移動した。そこで若い男と会っていたよ。スーツの社章が六陸商事のものだったから、社内恋愛の彼氏だろうな。現時点で帰宅しているかどうかは、知らない」

ひととおり話し終えて、僕はビールを飲んだ。

ううむ、と塚原が喉の奥で唸った。

「とすると、二階梨乃が佐田結愛を騙《かた》って働いているってことか」

雪奈が後を引き取る。「しかも、それを本物の佐田結愛が認めている」

「えっ？」

「えっ？」

塚原が驚いたことに、雪奈は驚いたようだった。

「だって、会社から郵便物があって、それを佐田結愛が見つけたら、一巻の終わりでしょ。本人に黙ってやるのに、同居することはあり得ない。むしろ、できるだけ遠くに住むんじゃないかと思うよ。同居するくらい仲がいいのなら、佐田結愛はむしろ積極的に関与したはず」

塚原がまた唸った。「それもそうだ」

「でも、現実的によくそんなことができたね。方法がわかったら、マンガに描きたいな」

「ああ。それなら教えてあげられると思う」

僕が答え、雪奈が首を真横に向けた。「どうやるの？」

「就職活動に必要な書類を、ぜんぶ佐田結愛が調えてあげればいいんだよ。会社が大学に求めてくるのは、在学証明書や成績証明書だ。それらに顔写真は必要ない。エントリーシートや履歴書には必要だけれど、それらには佐田結愛の情報を書き込んで、顔写真だけ二階梨乃のものにすればいい。二人で志望先を上手に分けて、重ならなければ、二人の佐田結愛が別々の会社に就職することは可能だ。業種にも注意して、万が一にも商談先で鉢合わせになったりしないようにすれば完璧だ。税金とかいろいろ考えなければならない問題があるけど、副業オーケーの会社を選べばクリアできる。そんな会社は増えてきてるし」

「さすが経営コンサルタント」塚原が音を立てずに拍手した。「まるで斡旋《あっせん》しているように立て板に水だな」

僕は片手を振った。「僕なら、こんな危ない橋は渡らないよ。もっといい方法を考える。でも、就職活動のときは、二人ともまだ大学三年だ。成功しただけで、たいしたものだと思う」

話が一段落したから、みんな黙ってビールを飲んだ。三人とも飲み干したから、今度は塚原が立って、追加のビールを取ってきた。思い思いにプルタブを開け、中の液体を喉に流し込んだ。

「待てよ」塚原が缶ビールを口に当てたまま天井を見た。「二階梨乃にとって、佐田結愛は偽名だ。オフィスにこもっているだけならいいかもしれないけど、旅行代理店でカウンターに出てるんだろう？　もし知り合いに出くわしたら、どうするんだ？」

「そっか」雪奈が同じように天井を見上げた。「たまたま知り合いがやってきて、ネームプレートの名前が違っていたら、驚くでしょ」

「そんなこと、ないよ」

僕は言下に否定した。「現代の日本社会においては、女性の名字が変わることは、珍しくない」

「ああ」雪奈が間抜けな声を上げた。「結婚か」

「そう」僕は雪奈から視線を逸らして話を続ける。「名字が変わっていたら、結婚したんだと思うだけだ。しかも佐田って名字はありふれている。そういえば、同期に佐田ってのがいたなとは考えても、まさか関係しているとは思わないよ」

僕が話している間、雪奈は僕の横顔をじっと見つめていた。雪奈は、僕と結婚する気満々なのだ。殺し屋だと知っているくせに。以前そう言ったら「人を殺した人間が結婚しちゃいけないんなら、軍人は全員独身じゃない」と正論を返されたわけだけれど。

「ともかく」気配を察した塚原が話を進めてくれた。「事情はわかった。あの住所には佐田結愛が住んでいて、同居している二階梨乃は佐田結愛を名乗っている。それで、どうする？　この依頼は引き受けるのか？」

答は決まっていた。「断るよ」

塚原がただでさえ大きな目を、さらに大きくした。「断る？」

僕は当たり前のようにうなずいた。

「そりゃ、そうだよ。依頼内容に虚偽があるからね」

「で、でも」塚原はなおも言った。「佐田結愛は確かに住んでいて――」

「じゃあ、訊くけど」僕は反対に目を細めた。「引き受けたとして、僕はどっちを殺せばいいんだ？」

予想外の質問だったのか、塚原がのけぞった。

「えっ、えっと、もちろん、黒髪の方だろう。依頼人が持ち込んだ写真が、黒髪の方なんだから」

予想された答に、僕は首を振ってみせた。「彼女は二階梨乃だ。佐田結愛じゃない。どうして殺さなければならない？」

また塚原がのけぞる。代わりに雪奈が顔写真の方に身を乗り出した。

「わたしも黒髪の方だと思うな。だって、特定の人たちにとっては、彼女は佐田結愛なんでしょう？　彼女が偽名を使っていて、本物の佐田結愛と同居していることを知らなければ、そんな依頼をしてくることは十分考えられるよ」

「仮定で動くことはできないよ」僕は恋人に答えた。「依頼人が誰かもわからない。ユキちゃんが言ったように、職場の彼女しか知らない可能性もある。でも、そうじゃない可能性だってあるんだ。たとえば本物の佐田結愛が不倫をしていて、相手の奥さんが怒って殺そうとしたとする。私立探偵を雇って夫の浮気相手を探し出したら、私立探偵がそそっかしい奴で、間違えて二階梨乃の写真を佐田結愛と報告したのかもしれない。その場合、依頼人が殺したいのは本物の方で、二階梨乃じゃない」

「よく、そこまですらすら仮説を口にできるね」

雪奈が呆れたような声を出した。「トミーってば、マンガ家になれるよ」

「そういうことなんだ」恋人の戯れ言を聞き流して、僕は話をまとめた。「まず、依頼人のくれた情報に誤謬《ごびゅう》がある。加えて、依頼内容だけでは誰を殺せばいいのかわからない。よって、引き受けることはできない。以上」

僕は話を終えると、あらためてビールを飲んだ。合間にビーフジャーキーを齧る。

二人はといえば、難しい顔で宙を睨んでいた。僕の言うことは理解できるけれど、納得できない。そんなところか。無理もない。話が尻切れトンボになってしまったのだから。

ややあって、雪奈が口を開いた。

「それにしても、二人とも、どうしてこんなことをしたのかな」

真剣な顔でこちらを見る。

「だって、あまりにもリスキーだよ。さっきトミーは『成功しただけで、たいしたものだと思う』って言ったけど、いつ失敗してばれてもおかしくない。ばれたら担当教授も就職課も怒り心頭でしょう。そのまま二人とも就職できなくなる可能性は低くない」

「そうだな」塚原も宙に向かってうなずいてみせる。「二階梨乃の方はやむを得ない事情があったのかもしれないけど、佐田結愛の方は、いたずらに自分の将来を危険に晒すだけだ」

視線を宙から僕に戻す。「富澤は、どう思う？」

僕は素っ気なく答えた。「知らないよ、そんなこと」

「ええっ？」

塚原と雪奈が同時にへんてこな声を出した。「気にならないのか？」

「ならない」僕はまたあっさりとした答を返した。「断ると決めたんだ。無関係の人間のことになんて、興味はない。考えるだけ時間の無駄だ」

「……」

二人はまた黙った。しかしすぐに塚原が顔を上げる。

「答が出たら、どちらを殺せばいいか、わかるかもしれないぞ」

「そうよ」雪奈も息を吹き返した。「昨日と今日、大変だったんでしょ？　それがただ働きになっちゃうよ」

僕は頭を掻いた。「それを言われると弱い」

実は、僕も同じことを考えていたのだ。僕は自分でも働き者だと思うけれど、小物だから常に報酬を求める。この二日間のように大変だったときには、特に。しかし。

「仕方がない。不確実性は失敗につながる。余計なリスクを負うわけにはいかない」

「それはそうだけど……」

「それに」僕は言葉をつないだ。「考えなければならないほど難しい問題じゃないだろう？」

「ええっ？」

友人と恋人がまた揃って声を出した。僕は立ち上がってデスクに向かった。二人ともついてくる。僕は椅子に座ってパソコンのスリープ状態を解除した。インターネット閲覧ソフトを立ち上げる。二人は液晶画面が見えるように、僕の背後に立った。

「現象を見ていればわかる。佐田結愛の行為は、本来無用のリスクを負うものだ。そうしなくても、彼女は普通に就職活動できるわけだから。一方、二階梨乃はそうすることが、絶対に必要だった。そうでなければ就職できないから、そうした。つまり、二階梨乃は本名で就職活動しても、どこも採用してくれないことがわかる。少なくとも、本人はそう思い込んでいた。過去に何かやったのか？　それならば、隠せばいいだけのことだ。他人を名乗る必要はない。でも、隠しきれなければ？」

僕はキーボードに指を走らせた。「二階　容疑者」というワードで検索する。たちまち数多くのページが候補としてリストアップされた。記事の年代に注意して、リストをチェックしていく。年代とは、佐田結愛と二階梨乃が就職活動を始める少し前。

「これだ」

僕は液晶画面を指さした。ニュースサイトの日付は七年前のものだった。

「――っ！」

今度は僕も加わって、一斉に息を呑んだ。記事は、そうするにふさわしいほど衝撃的なものだったからだ。

「連続幼女殺害事件、容疑者逮捕」

塚原が見出しを読み上げた。雪奈が記事を読む。

「愛知県と三重県で四件発生した幼女殺害事件について、愛知県警は十一日夜、名古屋市内に住む二階忠明《ただあき》容疑者（二十四歳）の身柄を確保したと発表した」

雪奈がため息をついた。

「そういえば、こんな事件があったね。確か一審と二審で死刑判決が出て、今も最高裁で争っているんじゃなかったかな」

ニュースサイトには、逮捕された二階忠明の顔写真が載っていた。荒《すさ》んだ顔をしていた。マスコミが、特に悪そうに見える写真を選んだのかもしれない。それでも顔だちは判別できる。細い顎、細い目。

「そっくりだな」塚原がコメントした。「兄妹か」

僕も息をついた。

「二階梨乃に、問題を起こした身内がいるんじゃないかと思って検索したんだけど、これほどの大物が釣れるとは思わなかった」

「だから、就職できないと絶望したのね……」

「そうだと思う」僕は雪奈にうなずいてみせた。「本来、本人でなく家族の問題で不採用とするのは厳禁とされている。それでも、これほどインパクトがあったら、採用担当者は腰が引けるだろう。当時、毎日容疑者の顔がテレビに映し出されていた。その顔とそっくりな学生が、同じ名字で応募してきたんだから。採用担当者のやることは簡単だ。二階梨乃のエントリーシートを次に廻さない。それだけだ」

「それに憤りを感じた人間がいた」雪奈が続ける。「友人の佐田結愛。元々同居するほど仲がいい友だちが、窮地に陥っている。本人の責任じゃないのに。ここは自分が一肌脱がなければならない。そう思って自分の身分を使って就職活動することを提案した。最初は驚いて断っていた二階梨乃も、佐田結愛の友情と熱意に負けて、友人の身分を使った。そして、めでたく就職できた」

　塚原はぎろりとこちらを睨んだ。

「富澤、それが真相なのか？　二人はやむにやまれぬ事情で、一人の身分を二人で分け合っていたのか？」

「そうかもしれない」

　僕は曖昧な答え方をした。閲覧ソフトを閉じる。上を向いて背後に立つ二人を見た。

「背景はわかったぞ。さあ、依頼人はどんな理由で、どちらを殺そうとしてるのかな？」

「これを見ちゃうとねえ」雪奈が腕組みした。「兄貴に子供を殺された親かもしれないよ。犯人である兄貴自身は、収監されているから殺せない。悔しい日々を送っていたら、たまたま妹が東京にいることを知った。しかも別名を名乗って幸せに暮らしている。事件以来、こちらは地獄のような日々を過ごしてきたのに。許せない。そんな感じかな——ああ、ダメだ」

「そう」雪奈が自分で気づいたことを、僕は褒めた。「それならば、依頼は本名の二階梨乃でなされなければならない。会社では佐田結愛と名乗っているという但し書きつきで。でも、現実の依頼は違う」

「ひょっとしたら、本物の佐田結愛が依頼人なんじゃないのか」

　塚原が声を高くした。

「若気の至りで、他人に自分の身分を貸した。露見を防ぐためにも、二人は同居せざるを得なくなった。最初はいいよ。元々仲がよかったんだから。でも年月が経ち、社会人生活が長くなると、二階梨乃の存在が邪魔になってきた。二階梨乃を殺して、自分の身分を取り戻そう——ああ、これもダメだ」

「そう」

僕は同じ口調で繰り返した。

「その場合でも、依頼は二階梨乃名義でなされなければならない。だって、殺し屋が顔写真でなく戸籍上の名前を優先したら、殺されるのは自分の方だからね」

「逆なんじゃないの?」今度は雪奈。「依頼人は二階梨乃だとか。佐田結愛を殺して、その身分を完全に奪ってしまおうと考えたとか」

「ダメだな」僕の代わりに塚原が首を振った。「それなら、顔写真は佐田結愛のものでなければならない」

「そっか……」

「でも、悪くない」

僕が下から言った。

「間違いは間違いだけど、依頼人が二階梨乃だという考えは納得できる。だって、身分共有でより気を遣うのは二階梨乃の方だから。プレッシャーも相当なものだろう。思いつめることだって多いはずだ。何かの機会に殺し屋の話を聞きつけて、ついふらふらと依頼してしまってもおかしくない」

そう。おかしくない。

発言した途端、脳に何かが触れた。いったい何だ？

僕は自らの思考を追った。何が触れた。その意味するところは、何だ。

「――そうか」

僕は勢いよく立ち上がった。そのため、危うく塚原の顎に頭をぶつけるところだった。

しかし気にしている間もなく振り返り、連絡係に告げた。

「塚原。この依頼は断らせてもらう。伊勢殿にそう連絡してくれ」

「おいおい」塚原が戸惑った声を出した。「本当に断るのか？」

「ああ」僕は断言した。

「この依頼は、受けちゃいけないんだ。絶対に」

「どういうことなんだ、いったい」

事務所で塚原が怒っている。僕に対する怒りというよりは、理解できないことが発生したことに対する怒りなのだろう。しかし怖い顔で睨みつけられるのは変わりない。

「本当だよ」

こちらは雪奈。今夜、事務所で塚原と事件の話をするといったら、〆切前にもかかわらず飛んできたのだ。手伝ってあげられればいいのだけれど、残念ながら雪奈は、僕の絵心に絶望している。

依頼を断ってから二カ月後。新聞に二階梨乃が殺害されたという記事が載った。

犯人は、四日後に逮捕された。都内の暴力団員で、二階梨乃のキャッシュカードで現金を引き出しているところを捜査員に身柄を拘束されたのだ。三百五十万円あった残高は、ほぼゼロになっていたという。

「容疑者は、二階梨乃を殺したことは認めているけど、キャッシュカードは本人にもらったと主張しているらしい。暗証番号も、本人から聞いたのだと」

「確かに防犯カメラには、迷いなく暗証番号を押す映像が残っていたそうだけどね」

そんなこと、あるもんですか——雪奈が毒づいた。

「富澤」

塚原が低い声で言った。

「おまえ、依頼を断ったよな。でも二階梨乃は殺された。依頼人は他の殺し屋を雇ったんだろう。この暴力団員が、それだ」

「それにしても、ずいぶんと質の低い殺し屋だ」僕は論評した。「殺した相手のキャッシュカードで金を引き出すなんて、逮捕してくれといっているようなものだ」

「そういう問題じゃない」塚原が僕の話を遮った。「どうして、おまえは断ったんだ？後任の殺し屋は逮捕された。おまえは、それを恐れたのか？　おまえがあんな無様な真似をして捕まるとは思えないぞ」

そう言ってくれるとありがたい。しかし僕はまだとぼける。

「断る理由は言っただろう。依頼人からの情報に事実と異なるところがあるから断るって」

「それは最初でしょ」

案の定、雪奈が食いついてくれた。「最後はものすごく強い口調だったじゃない。あのとき、何を考えてたの？」

「それほどたいしたことじゃないよ」

僕は宙を睨んで、少し考えをまとめた。

「二人がひとつの身分を共有したら、よりプレッシャーがかかるのは、借りている方だ。これは、前にも言ったよね？」

「言ったね」

「だから君たちは、それぞれが相手を殺そうとしたと考えた。佐田結愛は自分の身分を取り戻そうと。逆に二階梨乃は佐田結愛の身分を完全に奪ってしまおうと。それらの仮説は魅力的だったけれど、依頼内容と矛盾するから却下された。でも、普段から依頼を受けている僕は、もう一歩先を考えた」

「もう一歩？」

僕は塚原と雪奈を等分に見て、ゆっくりと言った。

「どうして、今頃になって相手を殺そうと思ったんだろう」

「……………」

二人とも反応できない。僕は返答を待たずに話を進める。

「前に、塚原とは話したことがあると思う。人間は、怨恨では殺し屋を雇わない。怨恨は、自分が手を下してこそ晴れるものだからだ。では、どのような人間が殺し屋を雇って誰かを殺そうとするのか。その誰かが生きていることで、明確かつ具体的な不利益が生じるときだ」

僕はいったん話を切って、友人と恋人の顔を見た。よし。きちんと話についてきている。

「殺し屋ならではの、その常識を当てはめてみよう。仮に佐田結愛と二階梨乃のどちらかが依頼人だとすると、違和感があるんだ。今まで何年もうまくやっていたのに、どうして今になって明確かつ具体的な不利益が生じたのか」

僕の考え方をよく知っている塚原が目を剝いた。

「二人の置かれた状況が変わったからか」

はい。正解。

「そうだと思った。では、それは何だろう。想像するしかないけれど、僕たちには思い当たる点がある」

「思い当たる点……」

塚原と雪奈は虚空を見つめる。二カ月前の話を思い出しているのだ。しかし何も思いつかなかったらしく、頭を振った。

「塚原が指摘したことだよ」

僕は言った。「二階梨乃は旅行代理店で働いているときに、佐田というネームプレートをしている。知り合いに会ったらどうするんだと。僕はその疑問に、問題ないと答えている」

「ああっ！」

先に雪奈が正解にたどり着いた。「まさか、結婚？」

「そう」僕は目を細めて恋人の明晰さを喜んだ。「佐田結愛は会社が引けてから、彼氏らしい男性と会っていた。年恰好からいっても、結婚を考えてもいい頃だ」

また雪奈の視線を無視する。先に進めなければ。

「結婚することになったから、佐田結愛は二階梨乃が邪魔になったのか……」

塚原がつぶやいた。「だから二階梨乃を亡き者にしようと――おっと」

「そう」僕は首肯する。「その仮説は、依頼内容によって否定されている。それに、さっきも言ったように、貸す方にはたいしたプレッシャーはないんだ。親友に一言いえばいい。返して、と」

「じゃあ、言われた二階梨乃が明確かつ具体的な不利益を自覚して、佐田結愛を殺そうとした――わけじゃないよね」

「そのとおり。前にも言ったとおり、それなら写真は佐田結愛のものでなければならない。佐田結愛の存在は二階梨乃の不利益なのかもしれないけれど、二階梨乃は佐田結愛を殺そうとはしていない。ここで、僕たちは二階梨乃の心情について、もう一歩踏みこんで考える必要がある。佐田結愛はもうすぐ結婚しそうだ。今の自分は、佐田結愛にとって、ただの邪魔者でしかない。今の自分に、生きている意味などあるのか？　二階梨乃がそう考えたとしたら？」

塚原がごくりと唾を飲む音が、ここまで聞こえてきた。

「まさか二階梨乃が依頼したのは、自分自身を殺してもらうことだった？」

「そうなんだ」僕は大きく首を縦に振った。「そう考えれば、筋が通るんだ。カメラのセルフタイマー機能を使えば、自分自身を隠し撮りすることは簡単だ。依頼内容もスッキリする。邪魔者は、黒髪の『佐田結愛』だ。殺すべきは旅行代理店に勤務する佐田結愛。だから、あんな依頼になった。長い間佐田結愛を演じてきたから、まさか自分の写真を佐田結愛じゃないと考える殺し屋がいるとは思わない。伊勢殿に職場でなく自宅の住所を教えたのは、同僚がたくさんいる職場よりも、佐田結愛が留守にしがちな自宅の方が、殺されやすいと考えたからだろう。彼女にとっては、ごく自然な依頼内容だったんだ。無事就職できたとはいえ、いつ自分の素性が明らかになるか、二階梨乃はずっと心配していたんだと思う。だから生活のすべてに慎重になるし、結果的に地味な生活になる。殺し屋を雇う六百五十万円を貯めることもできたわけだ」

「ちょっと待った」雪奈が遮った。「それなら、自殺すればいいじゃない。何も、高いお金を払って殺し屋を雇う必要なんてない」

「ああ、それね」予想された反論だった。「自殺なんかすると、佐田結愛を傷つけてしまうからだよ。同じ秘密を共有している佐田結愛なら、二階梨乃の自殺の理由をすぐに察するだろう。『あの子はわたしを護るために、自ら死を選んだんだ』と考えて、深く落ち込んでしまう。恩義のある親友に、そんな思いをさせたくなかった。だから殺してもらう必要があったんだ」

「じゃあ」今度は塚原が言った。「伊勢殿は？　伊勢殿は『自分を殺してくれ』という依頼を素直に受けたのか？」

「別におかしくないだろう」僕は即答する。「標的が誰であれ、引き受けるかどうかを判断するのは殺し屋だ。自分じゃない。それに、伊勢殿は依頼人の情報を塚原には告げない決まりになっている。標的が依頼人本人だと、言いたくても言えないわけだし」

僕が口を閉ざすと、事務所は沈黙に包まれた。誰もが黙ったまま、二階梨乃の苦悩と決断に思いを馳せている。

沈黙を破ったのは、同じ女性である雪奈だった。僕の方を向く。

「そこまでわかっていたんなら、どうして断ったの？　願いを叶えてあげればいいじゃない。相手は殺される気でいるんだから、作業もたやすいでしょうに」

しかし僕は片手をぱたぱたと振った。「そういう問題じゃない」

「じゃあ、どういう問題？」

膨れる恋人に、僕は微笑みかけた。

「僕が手を下すと、それこそ明確かつ具体的な不利益が生じるんだ。しかも、ふたつも。まず、僕は報酬を銀行振り込みで受け取っている。二階梨乃は前金を、僕の口座に振り込むことになる。三百万円という大金をね。一度預金を下ろしてから現金振り込みするにしても、警察が死の直前の不自然な引き出しに注目しないわけがない。彼らに本格的に調べられたら、ＡＴＭの防犯カメラ映像と機械の操作記録から、僕の口座番号がわかってしまう危険がある。それは避けたかった」

「なるほど」塚原が納得顔で言った。「確かに、その危険はあるな」

「もうひとつは、残金だ。二階梨乃が死んでしまったら、残金を支払う方法がない。そこで、彼女は考えた。殺されるときに暗証番号をメモしたキャッシュカードを持っていて、殺し屋に奪ってもらえばいい」

塚原と雪奈は同時に瞬きした。

「想像になるけれど、僕に断られてから思いついた方法じゃないかと思う。自分を殺してもらう依頼だと、伊勢殿は残金の支払い方法について確認したはずだ。そのときに、曖昧な回答しかできなかったんじゃないかな。でも伊勢殿に断る権限はないから、そのまま塚原に引き継いだ。そして僕は断った。二階梨乃は、断られた理由が残金の支払い方法じゃないかと考えて、次の殺し屋に依頼するときには改善した。しかも、この方法にはさらなるメリットもある。それは、犯人を早期に逮捕させられること。なにしろ、自分は偽名で就職している。犯人にはすぐに捕まってもらわないと、片棒を担いだ佐田結愛が疑われてしまうから」

僕は立ち上がって缶ビールを三本取ってきた。一本ずつ手渡す。

「不慣れな殺し屋ならまだしも、僕は標的の懐《ふところ》からキャッシュカードを抜き取ったりしない。でもそうしたら、報酬を半分しか受け取れないところだった」

プルタブを開けて、ビールをひと口飲んだ。

「危ない、危ない」

# 狙われた殺し屋

「終わったーっ！」

ソファに寝転がりながら、岩井雪奈が叫んだ。深夜二時になっているけれど、このマンションは防音がしっかりしているから、気にすることはない。

「お疲れさま」

僕は凝った両肩をぐるぐる回した。雪奈が寝転がったまま僕を見る。

「いつも、ありがとね。おかげで間に合ったよ」

「なんの」

今日は三月十二日、いや、もう日付が変わっているから十三日か。三月上旬というのは、自営業者には大きな意味を持つ。確定申告書類の提出期限が間近に迫っているのだ。

雪奈はマンガ家だから、確定申告が必要だ。一方僕は経営コンサルタント。税理士ほどではなくても、税金のことは多少わかる。だから例年、雪奈の確定申告の書類作成を手伝っているのだ。ただ働きとはいえ、自分の能力が恋人の役に立っているのだから、胸を張っていいことだと思う。僕の絵心では原稿を手伝うことなどできっこないのだから、こんなときこそ役に立たなければ。

他のマンガ家さんがどうなのか知らないけれど、少なくとも雪奈は直前までなんの準備もしない。だから提出期限直前は、原稿の〆切前と同レベルの修羅場になる。今年も突貫工事の末、なんとか仕上げることができた。

雪奈がのっそり身を起こす。

「お酒、出そうか」

しかし僕は手を振った。「いや、今夜はいい」

「えっ？」雪奈が目を大きくした。「泊まっていかないの？」

「うん」僕は厚手のコートを取った。「やらなけりゃいけないことがあるんだ。戻るよ」

「それって、コンサルの仕事？　それとも殺し屋案件？」

「うーん」僕はヘルメットを取った。「両方かな」

雪奈が小さく首を傾げた。理解できていない顔。

「ともかく、戻るよ」

「うん」雪奈が立ち上がった。「わたしは寝て、起きたら税務署に出してくる」

「そうしてくれ。くれぐれも、うっかり忘れないようにね」

「わかってる」

玄関で雪奈にキスして、部屋を出た。エレベーターで一階に降りる。自動ドアを抜けて建物を出る。女性が一人住まいするマンションだから、入るときのセキュリティはしっかりしている。しかし出るときは関係ない。駐輪場からスクーターを出して、エンジンをかけた。この時点で僕は、雪奈のことを頭から追い出した。

事務所に戻って、確定申告以上に面倒な作業をしなければならない。

自分の身を護るために。

＊＊＊

「仕事が来たぞ」

事務所に入るなり、塚原俊介がそう言った。

いつもなら反射的に「どんな奴だ？」と訊くところだけれど、僕は口を開かなかった。塚原の顔が、今まで見たことのない表情を浮かべていたからだ。感情を隠しているような、笑いを堪えているような、そんな微妙な表情。

「どうした？」

塚原はソファにどっかりと座った。システム手帳のポケットから紙片を二枚取り出す。Lサイズの写真だ。

「ターゲットはこいつだ」

僕の顔を見ながら写真を差し出してくる。僕はあえて塚原の視線を無視して二枚の写真を受け取った。写っている人物を確認する。

――えっ？

さすがに動きが止まった。顔を上げて塚原を見る。連絡係はにやにや笑いを浮かべていた。それもそのはず。

写真には、僕が写っていた。

「なんだ？　これは」

「なんだも何も」僕の質問に、塚原は笑い顔のまま答えた。「今度のターゲットは、おまえらしい」

「ターゲットの名前と住所は？」

一応尋ねてみた。塚原は首を振る。

「依頼人は、それについて口にしなかったそうだ。オプション料金を払うから、バイクのナンバーから、そちらでターゲットの素性を突き止めてくれと」

「ターゲットの素性を調べるオプションは、高いぞ」

「それは大丈夫だ」塚原が左掌をこちらに向けた。「伊勢殿がすでに話してある。探偵業務が加わるわけだからな。このオプションの代金は五十万円だ」

引っかかる言い方だった。「このオプション」という以上、他にもオプションがありそうだ。僕の疑問をあらかじめ予想していたのだろう。塚原は間を置かずに続けた。

「オプションはもうひとつある。殺害証明を出してほしいと」

僕は基本的には、殺害を遂行したことを依頼人に報告しない。理由はふたつある。ひとつは、依頼人が標的の近くにいる場合が多いこと。だからあえて報告しなくても、依頼人には標的が殺されたことが分かる。もうひとつの理由は、マスコミの報道だ。現代日本において、殺人事件は絶対数が多くない。だから僕が標的を殺した事件も、事故に見せかけてとか死体が発見されないようにしてくれといったオプションが付かないかぎり、報道される。そのため依頼人がニュースをチェックしていると、僕が仕事をしたかどうか、ちゃんとわかるのだ。基本料金には無駄な労働を含まない。自営業として当然の判断だ。

「殺害証明のオプションは十万円だ」

わかりきったことをあらためて言うと、塚原がわかりきっているよという顔をした。

「元々の代金六百五十万円とふたつのオプションを合わせて、七百十万円が今回の報酬になる。依頼人も納得済みだ」

僕はあらためて二枚の写真に目をやった。やや粒子は粗いが、何が写っているのかははっきりとわかる。一枚は顔のアップ。もう一枚は後ろ姿だ。愛車のスクーターを押しているところを、背後から撮影されている。

「ごく最近撮られたものだな。写真の僕は、先月買ったコートを着てる」

「そりゃまあ、子供時代の写真を持ってきたりしないだろう」

塚原の戯れ言を受け流して、さらに写真を凝視する。

「背景が暗くて、どこで撮られたか、よくわからない」

僕がコメントすると、今度は塚原もうなずいた。

「夜に、高倍率の望遠レンズを使って遠くから撮ると、こんな感じの写真になる。手ぶれしていないから、きちんと三脚を使ったんだろう。おかげでおまえの顔つきもわかるし、スクーターのナンバーも読める。まるで週刊誌のスクープ写真だな」

喋りながら、塚原の顔がやや深刻さを帯びた。この男にしては珍しい、心配している表情。

「どうだ？　自分が狙われることになった気分は」

「うーん」僕は頭を掻いた。「別にショックではないけど、嫌な気分ではあるかな」

「ほほう」塚原の口がOの字になる。「ショックはないか。自分が殺す側にいる以上、いつ殺される側に回っても仕方がないという、覚悟ができていると」

しかし僕は首を振った。「いや、全然」

「なんだ、そりゃ」

僕は片手を振った。

「実感が湧いていないだけだよ。だから、じんわりとした嫌な気分があるだけだ。もう少し時間が経ったら、怖くなるかもしれない」

旧友は口元だけで笑った。「とても怖くなりそうもない顔をしてるぞ」

「そう？」僕は自分の頬を撫でた。

あらためて自分の精神状態をチェックする。ショックは受けていない。それは間違いない。恐怖はあるか。ない。嫌な気分はある。いや、それは正確ではないか。嫌な気分というよりも、不快感だ。生活をかき乱される不快感が、今の感情としては最も近い。

普通なら、ショックを受けるべきなのだろうか。恐怖を感じるべきなのだろうか。たぶん、そうなのだろう。自分自身では昔と変わっていないと思っているけれど、年に数人ペースで殺人を繰り返しているうちに、死に対する考え方が一般人と違ってきているのかもしれない。僕の殺人の場合、相手と命のやりとりをしているわけではない。相手が油断している隙に、一方的に攻撃を加えているだけだから、死生観に影響はないと思っているのだけれど。

「それにしても」塚原が天を仰いだ。「長いことやっていると、こんなこともあるんだな」

「しょっちゅう起きても困るんだけど」

僕が答え、二人で笑った。席を立って冷蔵庫に向かう。缶ビールを二本取り出して、一本を塚原に渡した。同時に開栓する。ひと口飲んで、塚原が息をついた。

「それで、心当たりは？」

「ない」僕は即答する。「でも、それは僕の方の事情だ。依頼人には、また違った事情があるんだろう」

「今さらだけど」塚原が言った。「俺は依頼人の情報を何も聞いていないぞ。もちろん動機もだ」

「わかってるよ」

伊勢殿は依頼人と会っているけれど、殺し屋である僕のことは知らない。塚原は殺し屋の僕に依頼内容を伝えるけれど、伊勢殿から依頼人の情報は聞かない。僕と依頼人の間に二人の連絡係を挟んでいるから、お互い裏切りの心配をせずにいられる。僕たちが採用しているのは、そんなシステムだ。たとえ、殺害のターゲットが誰であっても。

「依頼内容から推測すると」

僕は写真をテーブルに置いた。「依頼人は僕に死んでほしいけれど、僕の素性を知らない。でも僕の姿を見ることはできていて、こうして写真を撮ることができた。後は専門家に任せることにした。僕の素性を知らないから、新聞報道では確認できない。だから殺害証明も求めた。そういうことか」

「推測も何も、そのまんまじゃないか」

塚原のコメントに、僕は首を振ってみせた。

「依頼人が真実を語っているとはかぎらない。依頼人が僕の知り合いで、伊勢殿に対して知らないふりをしているだけという可能性がある」

「まあ、それもそうか」殺し屋側の連絡係は一度うなずき、すぐに首を振った。「でも、どうしてそんなことを？」

僕は薄く笑った。

「依頼人が、本当は僕の知り合いだった場合なら、隠したくもなるだろう」

「おいおい」塚原は両手を振った。「俺じゃないぞ」

「わかってるよ」僕はビールを飲み干した。再び冷蔵庫に向かい、もう二本取り出す。開栓しながら話を続けた。「おまえなら、僕に話を持ってくるはずがない。他の殺し屋を雇う」

「そういうことだな。じゃあ――」塚原はぎょろりと目を剝いた。「明日、伊勢殿には断りを入れておく。この依頼は受けられないと」

至極真っ当な判断だけれど、僕は掌を連絡係に向けた。

「いや。回答はちょっと待ってくれ」

「えっ？」

塚原が目を見開いた。「引き受けるのか？」

「考え中だ」僕は真面目な口調で答える。「依頼を聞いてから引き受けるまでに、いつも三日間の猶予をもらっている。今回も同じということだよ」

「どうせ断るのに？」塚原が訝《いぶか》しげな顔になる。「どうして三日間も待たせるんだ？」

「時間稼ぎだ」

僕はまた自分が写った写真を取った。塚原に向ける。

「こうして、僕を殺したい人間が存在するわけだよ。僕が断ったら、他の殺し屋に依頼する可能性が高い。同業者がどれほどの腕前なのかわからない以上、我が身を危険に晒したくない。逆にいえば、回答を保留している間は安全だ」

「それもそうか」塚原は恥ずかしそうな表情を見せた。どうして気づかなかったのかと。しかしすぐに真顔に戻る。「それで、時間稼ぎしている間、何をするつもりだ？」

「当然、依頼人を捜しだす」

その先は言わなかったけれど、塚原は察したようだ。

「俺は、伊勢殿から依頼人の情報を聞き出すつもりはないぞ」

「当然だ」僕もうなずく。「そんなことをしたら、受注システムが崩れる。殺し屋稼業をやめるわけじゃないから、ルールは守らなければならない。おまえが聞き出そうとしたなら、むしろ止めないといけないと思っていた」

「そんなことしないよ」

一件の依頼につき、塚原の仲介手数料は五十万円だ。自分の手を汚さずに、伊勢殿から聞いた情報を僕に伝えるだけでそれだけの収入が得られるわけだから、おいしい商売といっていいだろう。安全に殺害依頼できて、安全に遂行できるシステムを作り上げたわけだから、いわばシステム利用料だ。塚原は塚原で、苦労して構築したシステムを壊すつもりはないようだ。

「調べるって、具体的には？」

塚原の質問に、僕は眉間にしわを寄せた。

「今のところ、雲をつかむような話だ。とはいえ、できることから始めるしかない。手がかりは、さっき僕が話したことだ」

「なんだっけ」

僕はまた薄く笑う。

「依頼人は、実は僕の知り合いかもしれないという仮説だよ」

塚原が瞬きした。

「なるほど。写真に写っているどこの誰かもわからない男じゃなくて、富澤允個人に死んでほしい奴がいるってことか。とすると、富澤允の属性を考えれば、糸口が見えてくるかもしれない」

「そういうことだ。親族。学生時代の知り合い。現在のご近所さん。経営コンサルタントの顧客。それから殺し屋関係。考えられる可能性としては、こんなところか」

「いいセンだな」塚原が真顔になった。「それで、おまえはどれだと思ってるんだ？」

「わからない」僕は首を振ってみせた。「でも、調べなきゃな。他はともかく、コンサルタント関係なら調べる方法がある」

「どうやって調べるんだ？」

僕は壁のキャビネットを指し示した。

「経営コンサルタントが恨まれるのは、顧客に損をさせたときだ。お客さんたちの今の経営状態を調べれば、誰が僕に恨みを持ちそうか、見当がつく。雪奈の確定申告の手伝いがあるからギリギリになるけど、回答期限までには調べられると思う」

「なるほど」塚原が納得顔になった。そして立ち上がる。

「じゃあ、二日したらまた来るよ。そのときに、この仕事を受けるかどうか、返事を聞かせてくれ」

あえて、依頼を伝えたときの決まり文句を言う。僕は友人に笑顔を見せた。

「了解」


「それにしても、驚いたなあ」

雪奈が大げさな仕草で天を仰いだ。「まさか、トミーが狙われるなんて」

「そう？」塚原が意地の悪そうな笑みを浮かべる。「だって、殺し屋だぜ？」

雪奈はすぐさま反論する。

「それを知ってるのは、塚原さんとわたしだけじゃんか」

「それもそうか」

塚原が仕事の話を持ってきてから二日後。連絡係は返事を聞きに事務所にやってきた。

僕は僕で、恋人を呼んで同席してもらっている。マンガ家の感受性ゆえか、彼女はときおり僕や塚原が思いつきもしない方向からアプローチしてくる。彼女の意見から突破口を得られることもあるから、こんなケースだと同席してもらった方がいい。

雪奈は僕が狙われていると聞かされて、最初はずいぶん動揺していた。けれど僕が平気な顔をしているからか、すぐに元のペースを取り戻したようだ。どうして確定申告作業のときに話してくれなかったんだと文句を言われたけれど、修羅場に余計な情報を持ち込んでも仕方がない。

僕は写真を指先でつついた。

「それにしても、こうして写真に撮られているとは知らなかった。油断も隙もあったもんじゃないな」

雪奈が脇から覗きこむ。

「本当に。上手に撮れてるね。バックは真っ暗だけど、ちゃんと顔がわかる。大きな一眼レフといいレンズを使ったんじゃないのかな」

「塚原の言うとおり、写真週刊誌じみてるな。パパラッチかストーカーみたいだ」

「ストーカーなんじゃないの？」

含み笑いで雪奈が言った。「トミーに入れ込んでいる女がいて、どうしても自分のものにならないから、いっそ殺してしまえと。ストーカーだったら、対象のために大金を出しても不思議はないし」

「おいおい」僕は呆れ声を出した。「マンガじゃないんだから」

雪奈はあっさりと答える。「マンガなら、こんなバカバカしいネタは使わないよ」

なんだ。自分でもバカバカしいと思っていたのか。しかし雪奈はそれで話を終わりにしなかった。

「でも、ストーカーってのは意外と可能性があるかもよ」

「っていうと？」

「わたし、以前ストーカーにつきまとわれたことがあったんだ」

「ええっ？」

僕と塚原が同時に声を上げた。そんな男二人に、雪奈はぱたぱたと掌を上下させる。

「けっこう前のことだよ。SNSに、うっかり近所で撮った写真を上げちゃってね。そこからだと思うんだけど住所を突き止められて、郵便受けにプレゼントや手紙が入ったりしてたんだ。切手が貼られてなかったから、うちの郵便受けに直接入れたんだよ」

初耳だ。

「どうして言ってくれなかったんだ」

僕の抗議にも、雪奈は表情を変えなかった。

「だって、トミーに相談すると、物騒な手段で問題を解決すると思ったから」

ぐうの音も出ずに黙り込む。僕は別に暴力的な人間ではないけれど、人を殺す技術を持っている。だからこんなときには、すぐに連想されてしまう。身から出た錆《さび》だ。

「それにもう、とっくに止《や》んでいるから大丈夫。もう、一年も前のことだよ」

雪奈の作品が掲載されているのは、主に少年誌だ。少女マンガの絵柄で少年マンガを描く作風で、お約束としてヒロインの水着姿やパンチラ――スカートがまくれて下着が見える描写――を描くことも多いから、大人の読者にもファンが多い。加えてネット上では「ヒロインよりも作者の方が可愛い」という評判が広まっている。真に受けた読者が作者のストーカーになるというのは、十分あり得ることだ。

むしろ問題は僕の方だ。ストーカーに付け狙われるというのは、かなりの不安があっただろう。それなのに気づいてあげられなかった。彼氏失格といわれても仕方がない。

そして今さらながら思い当たることがあった。

「そういえば、一年ちょっと前くらいからだな。ユキちゃんが僕とつき合っていることを隠さなくなったのは」

雪奈が苦笑する。「まあね」

塚原が聞きとがめた。「それまでは、隠してたのか?」

「まあね」今度は僕が言う。「デビューしてすぐに、ユキちゃんが可愛いって噂がネットに流れたんだ。同業者がSNSで言ったことが広まったから、出版社や本人が話題造りに仕組んだわけでもない。そのため多くの人が信じた。僕はその噂を放置した。作品だけでなく作者も注目されることによって、マンガ家として生き残れるんじゃないか。でも彼氏がいることがばれると、ユキちゃん本人だけじゃなく作品にも興味をなくされる心配があった。だから隠してたんだ」

実は、本音は少し違う。僕が仕事をしくじって、雪奈の恋人が殺し屋だと知られたら、彼女のマンガ家人生が終わりかねない。それを懸念したのだ。でもこの考えを表に出したら、じゃあどうしてつき合ってるんだと言われかねない。だから雪奈の仕事のためを装った。

真に受けた塚原が、感心した顔をした。

「そんなことを考えてたのか。でも、もう隠さなくていいと判断したわけだ」

「うん」雪奈が素直に肯定した。「単行本も何冊か出せたし、今さら作品以外で注目されるのも避けたかったから、むしろちょうどよかったよ。最近は、一緒にスーパーで買い物をしたりしてるし」

「レジ袋からネギが覗いたりしてるのか」塚原が天を仰いだ。「くーっ、うらやましいな」

「ともかく」僕は塚原の妄想を断ち切った。「それほど鈍感な男だから、隠し撮りされても気づかなかったわけだ。マンガの殺し屋なら、視線を感じてこんな依頼は未然に防ぐんだろうけど」

「それで、どうだったの？　コンサルのお客さんは」

雪奈が話を戻す。

「それがだな」僕はプリントアウトした表をテーブルに置いた。今までコンサルティングした顧客の、現在の経営状態をまとめたものだ。確定申告作業が終わった後、雪奈の誘いを振り切って事務所に戻って行った作業。

「今までコンサルティングしてきた顧客のうち、廃業したのは二件だけだった。といっても、業績不振で潰れたわけじゃない。経営者が高齢で、後継者が見つからなくて自主廃業したケースだ。零細企業ではよくある。残りはといえば、やっぱり不況だから、全体的によくない。業績がいい企業が二割、なんとか現状維持が三割、やや悪化しているのが五割といったところだ」

「ということは」塚原が口を挟んできた。「極端に悪化したり、倒産したりした企業はないってことか」

「そういうこと」僕は調査結果を指先でつついた。「なかなか腕のいいコンサルタントだろう?」

「そう思う」雪奈が言った。「でも、コンサルが狙われた理由にはならないってことは、はじめからわかってたんじゃないの?」

塚原が首を傾げた。「っていうと?」

「だって、塚原さんの話だと、伊勢殿は依頼人の素性を確認するんでしょう? 依頼人の立場からすれば、自分とトミーとの関係は、調べたらすぐにばれると考えるはず。コンサルティングの契約書なんかで、関係を示す証拠は山ほどあるんだから。知り合いであることを隠すために、わざとターゲットの素性を知らないふりをしても意味がないよ。意味のないカムフラージュのために、オプションで六十万円も払うとは思えない」

「――ああ」一瞬の間をおいて塚原が言った。「なるほど」

「そもそも、経営が苦しくなってトミーを逆恨みしたのなら、オプション付きで七百十万円も払う経済的余裕なんて、ないに決まってるじゃない」

さすが、わかっている。僕は恋人の聡明さに満足した。

「でも、確認は必要だ。それに今回の目的としては空振りに終わったけど、コンサルタントとしては以前の顧客の動向を再確認できたから、よかったと思う」

ビジネスライクなコメントに、旧友と恋人が同時に唇をへの字に曲げた。変人に対する反応だ。こんな状況なのにと。僕は気にせず続ける。

「経営コンサルタントという職業上の問題で殺されそうになっているわけではなさそうだ。では、もうひとつの職業はどうかな。僕は、殺し屋であるが故に狙われているのか」

僕は二人を等分に見た。「どう思う？」

雪奈が瞬きした。

「さっきも言ったけど、トミーが殺し屋だってことを知っているのは、わたしと塚原さんだけだよね。わたしたちのどちらかだって言いたいの？」

「少なくとも、塚原じゃないだろうな」

僕は、二日前に塚原説を否定した理由を話した。「とすると、ユキちゃんになるんだけど――」

「だけど？」塚原がにやにや笑いで繰り返す。僕は大まじめな顔で答える。

「違うだろうな。前提の話になるけど、ユキちゃんは僕が殺し屋だということを知っている。殺し屋という職業が現実に存在することを知っているわけだよ。でも、殺し屋業界の市場規模を知らない。首都圏に殺し屋が何人いるかも知らない。おまけに、伊勢殿の素性を知らない。仮にユキちゃんが僕に死んでほしかったとしても、殺し屋に依頼するとは考えにくいんだ。だって、依頼した殺し屋が僕だという可能性は、決して低くないと考えるはずだから。死んでもらいたい僕に情報が入って警戒されることは、避けなければならない」

雪奈が表情を緩めた。

「わたしと塚原さんじゃないとしたら、殺し屋方面で恨まれそうなのは、今まで殺した人の関係者だよね。トミーが仕事をした際に顔を見られたとか、ある？」

「あるかもしれない」

僕は素直に答えた。「でも、それなら相手は、警察に駆け込むだろうね」

「警察には任せておけないと思ったとしたら？」塚原が口を挟んだ。「自分で復讐してやるとか」

「それなら、なおさら殺し屋には頼まない。前にも話しただろう。怨恨で、人は殺し屋を使わない。自分で手を下してこその復讐だから。殺し屋に頼むのは、警察に頼むのと、本質的な差はない。殺し屋の出番は、依頼人に明確かつ具体的な不利益が生じたときだ。それも、相手が死んでしまえば解消する類の」

僕が誰かを殺したせいで、その関係者が不利益を被ったとしても、僕を殺して不利益が解消するとは思えない――僕はそう続けた。

塚原が難しい顔をする。

「いちいち、もっともだな。とすると、殺し屋方面はシロか」

「そう思う。だとすると、依頼人が知り合いなら、プライベートの関係者ということになる」

「親族は？」塚原が訊いてきた。「もっとはっきりいえば、家族とか」

「家族か」僕は宙を睨んだ。「故郷の親父はまだ現役の会社員だ。お袋は専業主婦。どちらも健康状態に問題はない。万が一何かあっても、同じ市内に兄貴夫婦が住んでいるから対応してくれる」

「遺産とか、ないの？」

今度は雪奈が訊いた。僕と結婚したがっている彼女が言うと、違うニュアンスを感じてしまう。僕は首を振った。

「親父は、農家の次男坊だ。ちなみに僕はさらにその次男坊。財産らしい財産はない。実家の住宅ローンはこの前終わったはずだから借金もないけど、もう古くなったからたいした資産価値はない。僕は殺し屋稼業のおかげでちょっとは小金を持っているけど、当然両親も兄貴も知らない。だから兄貴や両親や親族は、金がらみで僕を殺そうとはしないと思う。それ以外の理由といっても、大学進学の際に上京してからは、年に一回帰っているかどうかだから、人間関係の軋轢《あつれき》もないし」

「なるほど。富澤の親族は該当しそうにない、と」塚原がまじめくさった口調で言った。

「じゃあ、雪奈ちゃんの親族は？　雪奈ちゃんが富澤と結婚すると、具体的な不利益を被る人がいるとか」

「ないない」雪奈がぱたぱたと手を振る。「うちの親も資産なんてないし、マンガ家なんて、お金を持っているのは一部の売れっ子だけだよ。こっちは原稿料のほとんどをアシさんに支払って、単行本収入でなんとか暮らしているくらいだし」

「そうか、残念」塚原が大げさに嘆いてみせた。「いいセンだと思ったのに」

「同感だけど、事実は違うようだ」

僕は立ち上がって冷蔵庫に向かう。今夜は缶ビールではなく缶コーヒーだ。この後雪奈をスクーターで送らなければならないから、酒を飲めない。雪奈用にカフェオレ、塚原用に微糖タイプ、そして自分用にはブラックの缶を取り出した。二人に缶コーヒーを渡す。

「学生時代の友だちや恩師も同じだ。小中高大の友人とは、塚原を除いて、卒業以来ほとんど会っていない。同窓会にも顔を出してないし。学生時代に嫌われたり恨まれたりしてたのかもしれないけど、今さら殺し屋を雇ってまで亡き者にしたいとは考えないと思う」

塚原からも雪奈からも異論は出なかった。

「じゃあご近所さんかといえば、これも思いつかない」

ブラックコーヒーをひと口飲んで、僕は続ける。「殺し屋をやっているから、不用意なトラブルを避けるクセがついている。近所迷惑にならないよう、大きな音を出さないよう気をつけているし。仮に何らかの迷惑をかけていたとしても、まずはアパートの管理会社に文句をつけるだろう。いきなり殺し屋を雇おうとはしないと思う」

「そうだよな」塚原が同意した。「六百五十万円かかるという点が、ここで効いてくる。富澤が騒音とかゴミ問題でお隣さんに迷惑をかけていたとしたら、お隣さんは一方的な被害者だ。損害賠償を請求することはあっても、自分で大金を払ったりしない」

「そうね」雪奈もうなずいた。「確かに明確かつ具体的な不利益はあるし、トミーが死ぬことによってその不利益は解消される。殺し屋を雇う条件を満たしているように見えるけど、身銭を切るようなことじゃないよね。それに、トミーには悪いけど、あのアパートに住んでいる人が六百五十万円をポンと払える経済状態にあるとは思えない。怪しい副業でもしていないかぎり」

　確かに、僕が住んでいるのは高級マンションなどではなく、普通のアパートだ。家賃だけだったら、セキュリティと防音がしっかりしている雪奈のマンションの方が高い。もっとも彼女の場合、仕事場兼用だから、確定申告の際に必要経費扱いにしている。

「うーん」塚原が唸った。「こうしてみると、殺される原因ってのは、案外浮かばないもんだな」

「まあね」僕は口では同意しながら首を振った。「でも、僕が今まで殺してきた人だって同じだろうな。殺す前に、殺される心当たりがあるかと尋ねたら、たぶんほとんどが

『ない』って答えると思う」

僕は依頼を受けるときに、殺害依頼の理由を聞かないことにしている。それでも何件かの依頼については、想像できることがあった。そのほとんどが、ターゲットの方に自覚があるとは思えない理由だった。

それでも人間はときとして、生きているだけで他人に明確かつ具体的な不利益をもたらすことがあるのだ。本人に責任がなくても、本人に原因があって。それが人間社会というものなのだろう。

「それで、これからどうするんだ？」

塚原があらためて訊いた。僕の答は決まっていた。「依頼を受けるよ」

「受ける？」雪奈が目を丸くした。「トミーってば、自殺しちゃうの？」

「違うよ」僕は渋面を作った。「時間稼ぎを延長するだけだ。依頼を受けたら、原則として二週間以内に実行することになっている。つまり、二週間の猶予がもらえるってことだ。その間になんとかする」

「なんとかならなかったら？」

「その際には、契約不履行ということで、前金を返却した上で違約金三百五十万円をこちらから払う。ルールは守るよ。後は、別の殺し屋の影にビクビクしながら真相探しを続けることになるだろうな。むしろ襲ってきた殺し屋をとっ捕まえて、背景を聞き出した方が早いかもしれない」

「よしてよ。危ないことは」

殺し屋を相手にした発言とは思えない。僕は恋人に笑顔を向けた。

「そうならないよう、がんばるよ。今までだって、探偵業務に近いことはやってきてる。心配ない」

「頼むぞ」塚原が缶コーヒーを飲み干した。空き缶をテーブルに置く。「おまえに死なれたら、せっかくの収入源がなくなってしまう」

この男らしい激励だ。雪奈も空き缶をテーブルに置いて、代わりに写真を手に取った。

「それにしても、どこで撮ったんだろうね」

写真を指先で弾く。

「トミーの日常といえば、基本的にアパートとこの事務所を往復しているわけでしょ。通勤は、電車のときとスクーターのときがあるって言ってたよね」

「ああ」

塚原が来るとわかっているときには、ビールを飲むから電車を使う。それ以外はスクーター通勤というのが、僕の習慣だ。殺人の依頼はそう頻繁に来るものでもないから、ほとんどスクーター通勤といっていい。そう答える。

「じゃあ、依頼人はアパートの駐輪場か、事務所の駐輪場で待ち構えて写真を撮るというのが、自然な発想だと思う。あるいは、わたしのマンションか。この写真、そのどれかで撮ってるのかな」

「少なくとも、ユキちゃんのマンションは違うと思う」

僕が言うと、塚原が不思議そうな顔をした。「どうして？」

「だって、アパートや事務所と違って、行く日が決まっていない。時間帯も。僕を狙って写真を撮るのなら、自宅と職場が確実だろう」

「なるほど」塚原が納得したように言った。「じゃあ、そのどっちだろう」

「そうだなあ」

あらためて写真を凝視する。しかし背景が真っ暗だから判断できない。どちらにも照明らしきものはあるけれど、暗い上に数が少ない。僕がスクーターを止めている場所だと、かなり薄暗い。僕たちが想像しているように、遠距離からストロボなしで撮影しようとすると、こんな写真になってしまうと思われる。つまり、判断できないということだ。僕は二人にそう伝えた。

「そうか」塚原が両手を頭の後ろで組んだ。「写真も手がかりにはならないか。難しいもんだな」

雪奈も難しい顔をする。「やっぱり、知り合いじゃないって考えた方がいいのかな。少なくともトミーは、相手のことを知らない。ストーカーみたいに一方的に知られているか、依頼の額面どおり相手もトミー個人のことは知らなくて、それでもトミーが生きていると明確かつ具体的な不利益が生じてる」

ちょっと考えにくい状況だけど——雪奈はそうつぶやいた。

同感だ。僕が動機を聞かないのは、動機を聞いてしまうと、余計な感情が入り込んで失敗のリスクを上げてしまうからだ。しかし今回の場合、依頼人の正体を知るためには、動機からアプローチするしかない。今まで議論してきたように、殺人依頼の動機は、殺される側からは思いつきにくいとわかっている。なかなか厄介な問題だ。

写真を眺める。この写真を撮った人物は、僕にどんな感情を抱いているのか。殺意があることはわかっている。シャッターを押した瞬間、僕にどんな思いを抱いていたのか。背景の暗がりが、依頼人の心の闇を表しているような気がした。

——えっ？

今、脳に何かが触れた。なんだ？　僕は何を思いついた？

目の前の写真。背景が真っ暗で、どこで撮ったか判然としない——。

「……トミー？」

雪奈の声で我に返った。顔を上げると、恋人は怪訝な顔でこちらを見ていた。しばらくの間、自分の思考に没頭していたようだ。

「大丈夫」意味のない返事をして、今度は塚原に顔を向けた。「とにかく、この依頼は受けるって、伊勢殿に伝えてくれ。できるだけ、二週間以内に決着をつけるようにするから」

「わかった」

賛成しかねるけれど他に方法はない、といった口調だ。しかし僕は用件をそれで終わらせなかった。

「ここまでは、連絡係としての塚原に対する発言だ。ここからは、友人としてのおまえに頼みたいことがある」

旧友は訝しげな顔をした。「なんだ?」

僕は顔の前に右手を立てて、拝む仕草をした。

「手伝ってくれないか?」

＊＊＊

スクーターが敷地に入ってきた。

暗闇の中で、身体に緊張が走った。先ほどまでベランダに向けられていたカメラを、駐輪場に向ける。

スクーターの男は、ヘルメットを被ったままスクーターを手で押して、他の自転車やオートバイと並べて止めようとしている。三脚の角度を調整して、カメラの位置を固定する。ファインダーを覗きこむ。余計な光を漏らしたくないから、カメラ背面の液晶画面は使わない。

あいつ、まだ生きているのか。

連絡係の男は、殺し屋は前金が振り込まれてから、原則二週間以内に実行すると言っていた。振り込み手続きを行ってから、今日で十日だ。後四日は生きていても、おかしくない。頭ではわかっているけれど、依頼した身としては、一刻も早く殺してほしいというのが本音だ。

こっちは客だ。三百万円を前金で払っている。成功したら、さらに三百五十万円払う約束になっている。加えて、あいつの素性を調べて、殺害できた暁にはその証拠を出してもらうオプションをつけた。それが六十万円。合計七百十万円もの大金を支払うのだから、更にオプションを加えなくても、依頼人である自分の望みを叶えてくれてもいいのではないか。この場合は、さっさと殺してくれること。

多くの駐輪場がそうであるように、ここの駐輪場も照明が暗い。この距離では、なんとか相手を識別できる程度だ。しかし自分にははっきりと見える。ヘルメットを被った、いくら憎んでも足りない男の姿が。あいつは今から、エレベーターに乗って階上に上がるのだろう。自分には決してできない、特権を当たり前のように思いながら。許せない。

このカメラのレンズからレーザー光線が発射できたなら、あんな奴一瞬で殺せるのに。

そう思いながら、ファインダーに意識を集中させる。殺害依頼は済んでいるのだから、もう撮影は必要ない。それでも、レーザー銃の引き金を引くつもりでシャッターを切った。そう。自分は今、殺意をレンズから照射しているのだ。

「撮れましたか?」

いきなりの声に、心臓が止まった。慌てて後ろを振り返る。身体が三脚にぶつかって、カメラががしゃんと音を立てて地面に転がった。

いつのまにか、背後に若い男が立っていた。一見、人畜無害そうな風貌。見覚えがある顔だ。いや、見覚えがあるどころではない。数え切れないくらい憎悪をぶつけてきた顔だ。忘れるわけがない。

しかし。

首をねじ曲げて、先ほどまでカメラを向けていた方向を見た。この男は、たった今スクーターを駐輪場に止めていたではないか。それなのになぜ、ここにいる?

「撮れましたか?」

男は、同じことを同じ口調で繰り返した。これ以上ないくらいわかりやすい質問なのに、意味が頭に入ってこない。情報を脳が整理できていないのだ。脳だけではない。身体全体が金縛りにあったかのように、動きを止めていた。

男が足を一歩踏み出す。動きを止めていた身体がびくりと反応する。しかし男は自分ではなく、脇に倒れた三脚に向かった。カメラを操作する。背面の液晶画面に先ほど撮影した画像が映し出された。駐輪場にスクーターを止めている、ヘルメットの人物が映っていた。小さな液晶画面だから、かろうじてそれが見て取れる程度だ。

「ほほう」男が感心したように言った。「よく撮れていますね。機材もいいし、腕もいいんですね」

返事ができない。脳は最初の驚愕から一ミリメートルも前に進んでいない。もっとも脳にも言い分はあるだろう。だって、自分が殺害依頼をかけたその標的が、目の前に現れたのだから。

人畜無害顔が静かに言った。

「僕を、殺そうとしましたね？」

ひゅっ、と短い笛のような音が鳴った。急に息を吸い込んだため、自分の喉がたてた音だ。その音を耳で聞いたためか、ようやく身体を動かすことができるようになった。金縛りが解けて最初にやったことは、首を激しく左右に振ることだった。頬肉が大きく揺れるのが、自分でもわかる。

「な、何のことですか」

声が裏返った。男は無視して言葉を続けた。

「殺し屋を、雇いましたね」

心臓が跳ねた。しかし、今は全力で否定するしかない。

「し、知りません」

すると男はにっこりと笑った。ジャケットのポケットに手を突っ込み、すぐに抜く。手袋をした指には、紙片が挟まれていた。紙片をこちらに向ける。

「こんな写真を撮っているのに？」

息が止まった。男が示したのは、自分が撮った写真だった。殺害依頼をする際に、連絡係に渡したものだ。目の前の男が写っている写真。

「ずいぶんと、安物を買いましたね」

男がそんなことを言った。意味がわからない。顔に出ていたのだろう。男は説明してくれるつもりのようだった。

「あなたが雇った殺し屋のことです。ただのチンピラヤクザでしたよ。ナイフを持って突っかかってきましたけど、柔道の黒帯を持っている人間なら、易々《やすやす》と取り押さえることができる程度の動きでした」

「…………っ！」

数瞬遅れて、発言の意味を理解していた。殺し屋は、依頼どおりこいつを殺そうとした。しかし失敗したというのか。

男は優しい口調で続ける。

「どうやら、組に内緒のアルバイトのようでしたね。組に黙って殺人依頼を引き受けて、しかも失敗したことがばれたら、大変なことになります。そのことを説明したら、すべて喋ってくれました。連絡係のことも。連絡係に会って質問したら、その人も色々と教えてくれました。あなたは、連絡係に身分を明かしたでしょう？　だからこうして、会うことができました」

身が凍る。連絡係の顔を思い浮かべた。エリート面した、ハンサムな歯科医。奴が自分のことを喋ったというのか。

男が写真を自分に突きつけた。

「この写真には、あなたの指紋がついています。連絡係と殺し屋が手にした写真に。これって、動かぬ証拠ですよね。殺し屋さんも連絡係さんも、証言してくれるって言っていましたよ」

凍ったはずの身体が、今度は電撃を受けたように焼けた。動かぬ証拠？　証言？　男は、自分が犯罪者として罰せられると言っているのだ。

男はまた笑った。

「いや、別に裁判にかける必要はありませんか。あなたのおかげで、僕は殺し屋ともその連絡係とも知り合いになれました。彼らを雇うという方法もありますね。ターゲットが誰だか、説明する必要はありませんね」

焼け焦げた全身に、今度は鳥肌が立った。この男は、自分に対して殺害依頼をかけると言っているのだ。男は、殺し屋は暴力団員だと教えてくれた。暴力団員が凶暴な顔で襲ってくる。想像しただけで、失禁しそうになる。

男が真面目な顔になった。

「でも、その方法は採りません。あなたには、命をかけて護りたいものがあるんでしょう？」

命をかけて護りたいもの。ある。先ほどからカメラを向けていた建物。そのベランダ。かくかくと首肯する。

「あなたが逮捕されたり殺されたりすると、その相手が迷惑を被る。それはわかりますか?」

また首を縦に振る。わかる。どんな理由にせよ、警察が自分の部屋を捜索した時点で、相手に多大な迷惑がかかる。それは間違いない。自分が理解したのを見て取ったのか、男がまた笑った。再び写真を突きつける。

「いいですか? 僕を殺そうとしたこと。その理由。すべて忘れてください。そこに至った経緯や行為も、すべて。今夜からあなたは、新たな人生を生きるのです。そうすれば、この写真によって何も起きません。でも、万が一──」

男の笑顔が凄みを増した気がした。

「あなたが今までの執着を断ち切れなかったら、僕はあなたのことを警察と暴力団の両方に伝えます。警察と暴力団から同時に狙われるなんて、まるで映画の主人公みたいですね。恰好いいなあ」

睾丸を握られたような感覚があった。腕っぷしにはまるで自信がない。もしそんな状況になったら、耐えられるわけがない。

男が目を覗きこんできた。

「どうします?」

「……わかりました」他に返答はあり得なかった。「もう、ここには来ません」

「その方がいいですね」男の口調は優しかった。「では、カメラと三脚を片付けてください。駅までお送りしますよ」

のろのろとした動作で、機材を片付ける。やっぱり、殺し屋になど依頼するんじゃなかった。マンガに出てくる殺し屋は、機械のような正確さで、標的をあの世に送っていた。自分が期待したのは、それだ。しかし現実には違っていたようだ。暴力団という、最も関わり合いたくない組織の、しかも末端に位置する知性のかけらもないチンピラが、その正体だった。しかも、こんな虫一匹殺せそうにない温厚そうな男さえ殺せなかった。現実とは、そんなものなのか。

男の提案を受けざるを得ない。自分は殺されたくないし、刑務所にも入りたくない。それ以前に、その結論に至るまでの経緯を経験したくない。前金三百万円は捨て金になってしまったけれど、仕方がない。しょせんは親の金だ。いつものように趣味に使ったと言えば、許してくれるだろう。

カメラバッグと三脚を持って、歩き始めた。傍には、殺したいと思った相手。このまま駅で電車に乗ったら、もうここに来ることはできない。いくら焦がれたとしても、ここに来ることは、そのまま破滅につながる。

もう一度振り返った。マンションの黒々とした偉容を目に焼き付ける。

ペンネーム岩雪《がんせつ》。本名岩井雪奈を自分は愛した。けれど、今日でお別れだ。いくら彼女のことが好きでも、自分の命には替えられない。

「マンガ家の仕事場って、こんなふうになっているんだ」

塚原が興味深そうにきょろきょろと見回した。トレイを持った雪奈が渋い顔をする。

「よしてよ。じろじろ見るのは」

ごめんごめんと塚原が手を振って、僕に顔を向ける。

「それで、うまくいったのか？」

「おかげさまで」僕は笑顔で答えた。「たっぷりとお灸を据えておいたから、もう大丈夫だろう」

＊＊＊

依頼人が電車に乗ったことを見届けてから、僕は雪奈のマンションに戻ってきた。僕のヘルメットを被った塚原と駐輪場で合流して、彼と一緒に雪奈の部屋に入った。

僕は、依頼人とのやりとりを、二人に説明した。人数分の白ワインを注ぎ終わった雪奈が、ため息をついた。安心したような、怒っているような、申し訳ないような、複雑な表情をしている。

「あのときのストーカーが、トミーを殺そうとしたなんて……」

声が少し震えた。当然のことだ。僕の殺害を依頼した男は、ずっと雪奈の部屋を監視していたのだから。

「ストーカーが、雪奈ちゃんに恋人がいることを知った」

塚原が言った。雪奈が出してくれた白ワインを飲む。

「ショックだったけど、諦めきれなかった。だからストーキング行為を続けた。具体的には、雪奈ちゃんのマンションを監視し続けること」

そう。ストーカー男は雪奈に対する直接的なアプローチはやめたけれど、ずっと雪奈を見つめ続けていた。今夜も。

塚原は続ける。

「自分を納得させるために、雪奈ちゃんが悪い男に騙されているというストーリーを作り上げた。悪いのは男だ。男を始末すれば、雪奈ちゃんは幸せになれる。そう信じ込んだ。まさしく、依頼人に明確かつ具体的な不利益が生じたわけだ。そして男がいなくなれば、それらは解消される。しかしマンションに出入りする人間の誰が雪奈ちゃんの彼氏なのかわからない。どうしようかと悩んでいたけど、最近になって男を確認できた。雪奈ちゃんと二人でスーパーに買い物に行った男。一緒にマンションに戻った男。あいつだ。あいつさえ殺せれば。でも自分には、人を殺す度胸も能力もない。そこで殺し屋に依頼することにした。それが真相か」

「そんなところだろうな。ユキちゃんに彼氏がいることを知ってから殺害依頼までに一年近くかかったのも、それで説明できる」僕は答えた。「僕を殺そうとした理由を忘れろと言ったら『もうここには来ません』と答えたから、間違いないと思う」

しかし僕の回答は、旧友を満足させなかったようだ。塚原はぎょろりとした目をこちらに向けた。

「この前、依頼人の正体について考えたときには、まるで思い当たらなかったじゃないか。ほぼ五里霧中だったはずだ。それなのに、どうやって依頼人にたどり着いたんだ?」

雪奈も大きくうなずいた。ぶんぶんと表現できそうな勢いだ。

「ああ、それね」僕はテーブルに置いた写真を指し示した。依頼人が隠し撮りして、伊勢殿に渡した写真だ。

「夜に、大口径の望遠レンズと三脚を使って撮ったと思われる写真。僕の顔やスクーターのナンバーは判別できるけれど、背景は暗くて周囲の状況がわからない」

この写真を見て最初に抱いた印象だ。二人とも同じ印象を共有している。

「アパートを出て事務所に到着するのは午前中だ。でも明るいところで撮影しようとすると、隠し撮りする自分の姿も周囲に丸見えだ。仮に依頼人が僕のことを知っていたとしても、夜に撮るしかなかったのは、理解できる」

また異論は出なかった。

「僕のアパートも事務所も、駐輪場の照明は暗い。蛍光灯の真下でもなければ、遠距離から撮影するとこんな感じになるだろうということは想像できる。だから最初のうちは、そこから考えを進めなかった。でも、妙なことに気づいたんだ」

塚原が眉間にしわを寄せる。「妙なこと?」

「ああ」僕は、一言ずつはっきりと言った。「どうして依頼人は、撮影場所を伊勢殿に言わなかったんだろう」

塚原と雪奈は、同時に目を見開いた。言葉の意味はわからないけれど、それが大切なものだということはわかる。そんな顔だ。

「依頼内容を額面どおり受け止めたなら、依頼人は僕のことを知らない。でも写真を撮ることはできた。手がかりになりそうなスクーターのナンバーをゲットしたから、そこからターゲットの素性を突き止めてくれと。ここで僕たちは、原点に立ち戻らなければならない。依頼人の望みは、いったい何なのか」

「原点も何も」塚原が答えた。「富澤に死んでもらうこと、それだけだろう」

「そのとおり」僕は大きくうなずいた。「依頼人は僕の殺害を、殺し屋に依頼した。僕に死んでもらうためには、殺し屋が仕事を成功させる必要がある。でも殺し屋が僕の正体を突き止めることができなかったら、殺しようがない。ここで考えてほしい。依頼人が僕が誰だか知らなかったとしても、僕に関する情報を三つ持っている。ひとつ目は顔。ふたつ目はスクーターのナンバー。そして三つ目は――」

僕は写真の暗がり部分を指さした。

「撮影場所だよ」

「ああっ！」

塚原が大声を出した。瞳に理解の色が宿る。「そうか。撮影場所は、ターゲットの出没場所を意味する。殺し屋にとっては、ぜひとも欲しい情報だ」

「依頼人がトミーと自分の関係を隠したいとしても」雪奈が頭を振りながら言った。「もしこの写真を撮ったのがアパートか事務所の駐輪場なら、隠しても意味ないよね。誰が依頼人でも、自宅と職場は共通した情報だから」

「そういうこと」僕は友人と恋人が理解してくれたことを嬉しく思った。「だから依頼人は、あえて撮影場所を伊勢殿に伝えなかったと考えた。有益な情報なのに、なぜか。僕は、撮影場所が明らかになると、依頼人に不都合が生じるからだと考えた。不都合とは何か。自分の素性は伊勢殿に申告してある。それ以外に何を隠したいのか。ひょっとしたら、自らの犯罪じゃないか。もちろん殺人依頼は犯罪だけれど、その点においては伊勢殿は共犯者だ。隠す対象にはなり得ない。だとすると、依頼人は他の犯罪を犯している可能性がある。そして、写真の撮影場所こそが、自分の犯罪を示している。初対面の連絡係に話すわけにはいかない」

「ここの駐輪場だったのね……」

雪奈がつぶやくように言った。僕はうなずく。

「僕の立ち寄り先なんて、数は知れている。自宅。職場。スーパー。コンビニ。クリーニング屋。そんなところだ。でも、自宅と職場は隠す必要がないと先ほど言った。他は、立ち寄る日も時間もまちまちだ。高倍率の望遠レンズを付けたカメラと三脚を抱えて張り込むには不向きといえる。とすると、残るはひとつ。ユキちゃんのマンション。この前言ったようにここもまた、訪れるのは日も時間もまちまちだ。けれど依頼人にとっては、それでもよかった。なぜなら、自分はたいていマンションが見える場所にいるから」

ふうっと塚原が息をついた。

「それで俺におまえの恰好をさせて、ここに向かわせたのか」

僕は顔の前に手刀を立てた。

「それしか突破口はなかった。撮影場所がこのマンションの駐輪場とわかれば、写真の角度から撮影した場所の方角と高さは想像がつく。でも確定はできない。だから塚原に、毎晩決まった時刻にマンションに乗り入れてもらったんだ。そして見当を付けた場所をチェックしていった。依頼人がストーカーなら、今でもユキちゃんのマンションを監視し続けている可能性は高い。マンションにカメラを向けている人物で、僕のスクーターに反応したら依頼人だと判断できる。依頼人は、僕が死ぬのを、今か今かと待っているんだから」

話しながら、僕は額の汗をぬぐう仕草をした。

「あいつが毎日ユキちゃんの監視に来ているかもわからない。見当外れの時間帯を設定してしまったのかもしれない。離れた場所で部屋でも借りていたりしたらアウトだ。だからドキドキしたけど、なんとか十日で見つけられてよかった」

「まあ、アルバイト代を出せとは言わないけどな」塚原の目が光った。「でも、帰しちゃって、よかったのか？　いくら脅しておいたとはいえ、あいつが他の殺し屋に依頼し直すとは考えないのか?」

殺さないでよかったのか。塚原はそう問うているのだ。僕の答は決まっていた。

「あり得るかもしれないけど、あいつを始末するという選択肢はない」

連絡係は訝しげな顔をする。「どうして?」

「だって」僕は答える。「あいつはユキちゃんのストーカーなんだぜ。部屋は、ユキちゃん関連の品で溢れているだろう。あいつが殺されたら、警察は自宅を確認するはずだ。当然ユキちゃんに注目するだろう。そうしたら、交際している僕が怪しまれるのは確実だ。金にならない殺人で疑われるのは、まっぴらごめんだ。まだまだ殺し屋稼業をやめるつもりはないからね」

「それもそうか」塚原は納得したように言った。「わかった。じゃあ、今までどおりということだな」

「そうだ」僕は白ワインを飲み干した。グラスをテーブルに置く。

「次は、もう少し殺しやすいターゲットを持ってきてくれ」

# 解説

細谷正充

ああ、これは石持浅海の作品だ。本書『殺し屋、やってます。』を読み始めて、すぐにそう思った。なぜなら作者の本格的なデビュー作となった、『アイルランドの薔薇』と共通する要素があったからだ。それは、水と油のように感じられる、かけ離れた題材の組み合わせである。

まず、『アイルランドの薔薇』から説明していこう。そもそもの発端は、短篇ミステリーを公募・掲載していた、鮎川哲也編の『本格推理』である。ここに作品の掲載された四人が、新人作家の発掘を目的とした光文社のプロジェクト〔KAPPA-ONE登龍門〕に選抜される。そして、石持浅海の『アイルランドの薔薇』、加賀美雅之の『双月城の惨劇』、林泰広の『The unseen 見えない精霊』、東川篤哉の『密室の鍵貸します』が、一挙に刊行されたのだ。有望な新人がまとめて登場したことで、当時のミステリー界は騒然となったものである。私も大いに驚き、立て続けに四冊を読んだが、もっとも印象に残ったのが、『アイルランドの薔薇』であった。なぜなのか。本格ミステリーの一ジャンルともいうべき〝クローズド・サークル〟物を成立させるのに、北アイルランドの政治状況を利用していたからである。

クローズド・サークル物とは、何らかの事情により、外界と往来や連絡が切断された場所で起きる事件を描いたミステリーを指す。その状況から「嵐の孤島」や「吹雪の山荘」などといわれることもある。警察が介入できないことにより、素人探偵が活躍できる舞台を誂えやすい。ここに本格ミステリーとの親和性がある。したがってクローズド・サークル物の多くは、本格ミステリーになっているのだ。

一方、北アイルランド問題は、イギリスとアイルランドの歴史と分かちがたく結びついた政治問題であり、海外の冒険小説や謀略小説には、これを題材とした作品が無数にある。アイルランド独立戦争を行ってきたＩＲＡ（アイルランド共和軍）が日本で知られるようになったのは、ジャック・ヒギンズの戦争冒険小説『鷲は舞い降りた』が、ヒットしたあたりからだったろうか。ともあれリアルな政治問題は、本格ミステリーには馴染まない。

それを作者は、鮮やかに結びつけ、斬新なクローズド・サークル物にしたのだ。近年、今村昌弘のデビュー作『屍人荘の殺人』が、やはり異色の題材と組み合わせることでクローズド・サークルを成立させ、大きな話題になった。それと類似の驚愕が、『アイルランドの薔薇』にあったのだ。

以上のことを踏まえて、二〇一七年一月に文藝春秋から刊行された『殺し屋、やってます。』を見てみよう。本書は連作短篇集だ。「オール讀物」二〇一五年三月号から翌一六年十一月号にかけて断続的に発表された七作が収録されている。主人公は、経営コンサルタントの傍ら、副業で殺し屋をやっている〝僕〟こと富澤允。区役所勤務の地方公務員で、旧友の塚原俊介が持ってくる殺しの依頼を、六百五十万（東証一部上場企業の社員の平均年収）で引き受けている。塚原は連絡役で、実際に依頼人と交渉しているのは、『伊勢殿』という人物。ただし富澤と『伊勢殿』は、互いに面識がない。その他、殺しの依頼に細かい設定があるのだが、作品を読んでもらった方が早いだろう。平凡な生い立ちの富澤が、なぜ殺し屋になったのかは謎である。

冒頭の「黒い水筒の女」は、そんな富澤たちの紹介をしながら、彼が保育士の浜田瑠璃子を殺す顚末が綴られている。瑠璃子の日常を観察し、見事に依頼を果たした富澤。だが彼は、ひとつの疑問を抱いていた。なぜか瑠璃子は仕事から帰ってくると、黒い水筒の中身を公園の水道で洗っていたのだ。このささいな謎を推理した富澤は、意外な真実に到達する。

というストーリーから分かるように本作は、殺し屋が探偵役となり、日常の謎を解いているのだ。〝殺し屋〟と〝日常の謎〟。これまた水と油の題材である。それが見事に組み合わさり、独自のミステリーとなっている。石持浅海ならではのマリアージュというべきか。『アイルランドの薔薇』を連想してしまったのは、必然なのである。

続く「紙おむつを買う男」も、殺しの標的となった男が、なぜ紙おむつを買ったのかという謎が、富澤によって解かれる。富澤と塚原の会話により、紙おむつを買った理由を丹念に潰すことで、意外な真相が引き立つ。ミステリーの面白さを熟知した、作者の手腕が冴えている。

さて、この二作でシリーズのスタイルが分かったつもりになっていたら、第三作「同伴者」で、ビックリ仰天した。なんと『伊勢殿』が主役なのである。母親同伴で殺しの依頼にきた男に呆れる『伊勢殿』だが、ある違和感から、予想外の事実を暴く。ラストのブラックなオチまで含めて、読ませる作品だ。

なるほど、本シリーズが安易な予想を許さないことが理解できた。それだけに、どんな話が読めるのかと、ワクワクしてしまう。この期待に応えるように第四話「優柔不断な依頼人」では、同じ人物に対する殺しの依頼が二度あり、二度キャンセルされるという、奇妙な謎が提示される。それだけでも面白いのだが、本作で富澤がやるのは、依頼人捜しなのだ。アメリカのミステリー作家パット・マガーは犯人捜しではなく、被害者や探偵や目撃者を捜すことをメインにした、ユニークな作品を発表しているが、本作もそれに連なるものといえよう。よくもまあ、こんなことを考えるものだ。

その他、奇妙な殺し方の指示に込められた意図を推理する「吸血鬼が狙っている」、一緒に暮らしている同姓同名の女性の、どちらが殺しの標的か悩むことになる「標的はどっち?」、殺しの標的が自分自身だったことに困惑する「狙われた殺し屋」と、どの作品も奇抜な謎と、独自の殺し屋哲学を持つ富澤の行動が楽しめる。「吸血鬼が狙っている」は、殺し方の指定に秘められた真実が美しい。「標的はどっち？」のアイディアは、もっと膨らませれば長篇にできるのではないかと思うほど凝っている。それをあっさりとシリーズの枠組みに落とし込むのだから、実に贅沢な一冊といっていい。

また、主要登場人物の少なさも、特筆すべきものがある。メインは富澤と塚原。富澤がホームズ役で、塚原がワトソン役だ。ふたりの会話で推理が進行する場面が、ミステリーの醍醐味となっている。さらに「標的はどっち？」から、第一話でちらりと名前の出ていた、富澤の恋人が登場。少年誌で連載をしている、漫画家の岩井雪奈だ。富澤のことをトミーと呼ぶ雪奈は、彼の副業を知っている。彼から殺しの件で相談を受けることもあるのだ。ラストの「狙われた殺し屋」では、彼女が重要な意味を持つことになるのだが、それは読んでのお楽しみ。基本的に主人公側は、富澤と塚原と雪奈だけなのだ（『伊勢殿』が主役を務める第三話は、番外篇というべきだろう）。きわめて少人数で、殺し屋ストーリーのフォーマットを墨守しているのに、バラエティーに富んだ内容になっている。ここが本書の読みどころになっているのだ。

しかも富澤たちには、不可思議な魅力がある。ほとんどの感覚は、一般的な社会人。でも、殺しをビジネスとして、平気で行う。折に触れて富澤が口にする殺し屋の哲学は、妙な説得力がある。「紙おむつを買う男」のラストで富澤が語る、殺し屋の存在意義など、傾聴すべき意見ではなかろうか。富澤たちは、日常と非日常を、当たり前のように混在させている。そこに強く惹かれるのである。
最後に朗報をひとつ。シリーズ第二弾となる『殺し屋、続けてます。』の単行本が、今年（二〇一九年）の十月に刊行されている。本書を気に入った人は、すぐさま続けて読むことが可能なのだ。さあ、書店に走るもよし、ネットで購入するもよし。また、石持浅海でなければ書けない、ミステリーのマリアージュを味わおうではないか。

（文芸評論家）

初出「オール讀物」
黒い水筒の女　二〇一五年三月号
紙おむつを買う男　二〇一五年六月号
同伴者　二〇一六年六月号
優柔不断な依頼人　二〇一五年九月号
吸血鬼が狙っている　二〇一五年一二月号
標的はどっち?　二〇一六年三月号
狙われた殺し屋　二〇一六年一一月号

単行本　二〇一七年一月、文藝春秋刊

DTP制作　言語社

文春文庫

# 殺《ころ》し屋《や》、やってます。

定価はカバーに表示してあります

2020年1月10日　第1刷
2024年5月31日　第7刷

著　者　石《いし》持《もち》浅《あさ》海《み》
発行者　大沼貴之
発行所　株式会社 文藝春秋

東京都千代田区紀尾井町 3-23　〒102-8008
TEL 03・3265・1211㈹
文藝春秋ホームページ　http://www.bunshun.co.jp

落丁、乱丁本は、お手数ですが小社製作部宛お送り下さい。送料小社負担でお取替致します。

印刷製本・TOPPAN
Printed in Japan
ISBN978-4-16-791422-6

（　）内は解説者。品切の節はご容赦下さい。

赤川次郎
赤川次郎クラシックス
**幽霊列車**
山間の温泉町へ向う列車から八人の乗客が蒸発。中年警部・宇野は推理マニアの女子大生・永井夕子と謎を追う——。オール讀物推理小説新人賞受賞作を含む記念碑的作品集。（山前　譲）
あ-1-39

赤川次郎
**マリオネットの罠**
私はガラスの人形と呼ばれていた——。森の館に幽閉された美少女、都会の空白に起こる連続殺人。複雑に絡み合った人間の欲望を鮮やかに描いた、赤川次郎の処女長篇。（権田萬治）
あ-1-27

有栖川有栖
**火村英生に捧げる犯罪**
臨床犯罪学者・火村英生のもとに送られてきた犯罪予告めいたファックス。術策の小さな綻びから犯罪が露呈する表題作他、哀切でエレガントな珠玉の作品が並ぶ人気シリーズ。（柄刀　一）
あ-59-1

有栖川有栖
**菩提樹荘の殺人**
少年犯罪、お笑い芸人の野望、学生時代の火村英生の名推理、アンチエイジングのカリスマの怪事件とアリスの悲恋。「若さ」をモチーフにした人気シリーズ作品集。（円堂都司昭）
あ-59-2

阿部智里
**発現**
「おかしなものが見える」心の病に苦しむ兄を気遣う大学生のさつき。しかし自分の眼にも、少女と彼岸花が映り始め——「八咫烏シリーズ」著者が放つ戦慄の物語。（対談・中島京子）
あ-65-8

青柳碧人
**国語、数学、理科、誘拐**
進学塾で起きた小6少女の誘拐事件。身代金5000円、すべて1円玉で?!　5人の講師と生徒たちが事件に挑む。「読むと勉強が好きになる」心優しい塾ミステリ！（太田あや）
あ-67-2

天祢　涼
**希望が死んだ夜に**
14歳の少女が同級生殺害容疑で緊急逮捕された。少女は犯行を認めたが動機を全く語らない。彼女は何を隠しているのか？捜査を進めると意外な真実が明らかになり……。（細谷正充）
あ-78-1

（　）内は解説者。品切の節はご容赦下さい。

天祢　涼
**葬式組曲**
喧嘩別れした父の遺言、火葬を嫌がる遺族、息子の遺体が霊安室で消失……社員4名の北条葬儀社に、故人が遺した様々な〝謎〟が待ち受ける。葬式を題材にしたミステリー連作短編集。
あ-78-2

秋吉理香子
**サイレンス**
深雪は婚約者の俊亜貴と故郷の島を訪れるが、彼には秘密があった。結婚をして普通の幸せを手に入れたい深雪の運命が狂い始める。一気読み必至のサスペンス小説。（澤村伊智）
あ-80-1

明日乃
**お局美智　経理女子の特命調査**
地方の建設会社の経理課に勤める美智。普段は平凡なOLだが、会社を不祥事から守るため、会長から社員の会話を盗聴する特命を負っていた——。新感覚〝お仕事小説〟の誕生です！
あ-83-1

明日乃
**お局美智　極秘調査は有給休暇で**
突然の異動命令に不穏な動きを察知した美智。さらにパソコンには何者かによってウイルスが仕掛けられ……。犯人は社内の人間か、それとも——。痛快〝お仕事小説〟第二弾！（東　えりか）
あ-83-2

彩坂美月
**柘榴パズル**
十九歳の美緒、とぼけた祖父、明るい母、冷静な兄、甘えん坊の妹。仲良し家族の和やかな日常に差す不気味な影——。繊細なコージーミステリにして大胆な本格推理連作集。（千街晶之）
あ-87-1

芦沢　央
**カインは言わなかった**
公演直前に失踪したダンサーと美しい画家の弟。代役として主役「カイン」に選ばれたルームメイト。芸術の神に魅入られた男と、なぶられ続けた魂。心が震える衝撃の結末。（角田光代）
あ-90-1

伊集院　静
**星月夜**
東京湾で発見された若い女性と老人の遺体。事件の鍵を握るのは、老人の孫娘、黄金色の銅鐸、そして星月夜の哀しい記憶……。かくも美しく、せつない、感動の長編小説。（池上冬樹）
い-26-21

（　）内は解説者。品切の節はご容赦下さい。

伊集院　静
**日傘を差す女**
ビルの屋上で銛が刺さった血まみれの老人の遺体がみつかった。「伝説の砲手」と呼ばれたこの男の死の裏に隠された悲しき女たちの記憶。『星月夜』に連なる抒情派推理小説。（池上冬樹）
い-26-27

石田衣良
**うつくしい子ども**
閑静なニュータウンの裏山で惨殺された9歳の少女。"犯人"は、13歳の〈ぼく〉の弟だった。絶望と痛みの先に少年が辿りつく真実とは――。40万部突破の傑作ミステリー。（五十嵐律人）
い-47-37

池井戸　潤
**株価暴落**
連続爆破事件に襲われた巨大スーパーの緊急追加支援要請を巡って白水銀行審査部の板東は企画部の二戸と対立する。日本経済の闇と向き合うバンカー達を描く傑作金融ミステリー。
い-64-1

池井戸　潤
**シャイロックの子供たち**
現金紛失事件の後、行員が失踪!?　上がらない成績、叩き上げの誇り、社内恋愛、家族への思い……事件の裏に透ける行員たちの葛藤。圧巻の金融クライム・ノベル！（霜月　蒼）
い-64-3

乾《いぬい》　くるみ
**イニシエーション・ラブ**
甘美で、ときにほろ苦い青春のひとときを瑞々しい筆致で描いた青春小説――と思いきや、最後の二行で全く違った物語に！「必ず二回読みたくなる」と絶賛の傑作ミステリ。（大矢博子）
い-66-1

乾　くるみ
**セカンド・ラブ**
一九八三年元旦、春香と出会った。僕たちは幸せだった。春香とそっくりな美奈子が現れるまでは。『イニシエーション・ラブ』の衝撃、ふたたび。究極の恋愛ミステリ第二弾。（円堂都司昭）
い-66-5

石持浅海
**殺し屋、やってます。**
《650万円でその殺しを承ります》――コンサルティング会社を経営する富澤允。しかし彼には、殺し屋という裏の顔があった…。殺し屋が日常の謎を推理する異色の短編集。（細谷正充）
い-89-2

（　）内は解説者。品切の節はご容赦下さい。

石持浅海
**殺し屋、続けてます。**
ひとりにつき650万円で始末してくれるビジネスライクな殺し屋、富澤允。そんな彼に、なんと商売敵が現れて――殺し屋が日常の謎を推理する異色のシリーズ第2弾。（吉田大助）
い-89-3

伊東　潤
**横浜1963**
戦後の復興をかけた五輪開催を翌年に控え、変貌していく横浜で起きた女性連続殺人事件。日米ハーフの刑事と日系三世の米軍SPが事件の真相に迫る社会派ミステリ。（誉田龍一）
い-100-3

伊岡　瞬
**赤い砂**
男が電車に飛び込んだ。検分した鑑識係など3名も相次いで自殺する。刑事の永瀬が事件の真相を追う中、大手製薬会社に脅迫状が届いた。デビュー前に書かれていた、驚異の予言的小説。
い-107-2

内田康夫
**氷雪の殺人**
利尻富士で、不審死したひとりのエリート社員。あの日、利尻島にわたったのは誰だったのか。警察庁エリートの兄とともに謎を追う浅見光彦が巨大組織の正義と対峙する！（自作解説）
う-14-24

内田康夫
**贄門島《にえもんじま》**（上下）
二十一年前の父の遭難事件の謎を追う浅見光彦は、房総に浮かぶ美しい島を訪れる。連続失踪事件、贄送り伝説――因習に縛られた島の秘密に迫る浅見は生きて帰れるのか？（自作解説）
う-14-25

歌野晶午
**葉桜の季節に君を想うということ**
元私立探偵・成瀬将虎は、同じフィットネスクラブに通う愛子から霊感商法の調査を依頼された。その意外な顚末とは？　あらゆる賞を総なめにした現代ミステリーの最高傑作。
う-20-1

歌野晶午
**春から夏、やがて冬**
スーパーの保安責任者・平田は万引き犯の末永ますみを捕まえた。偶然の出会いは神の導きか、悪魔の罠か？　動き始めた運命の歯車が二人を究極の結末へと導いていく。（榎本正樹）
う-20-2

（　）内は解説者。品切の節はご容赦下さい。

**十二人の死にたい子どもたち**
冲方 丁
安楽死をするために集まった十二人の少年少女。全員一致で決を採り実行に移されるはずのところへ、謎の十三人目の死体が!? 彼らは推理と議論を重ねて実行を目指すが。（吉田伸子）
う-36-1

**江戸川乱歩傑作選　鏡**
江戸川乱歩・湊 かなえ 編
湊かなえ編の傑作選は、謎めくパズラー「湖畔亭事件」、ドンデン返し冴える「赤い部屋」他、挑戦的なミステリ作家・乱歩に焦点を当てる。（解題／新保博久・解説／湊 かなえ）
え-15-2

**江戸川乱歩傑作選　蟲**
江戸川乱歩・辻村深月 編
没後50年を記念する傑作選。辻村深月が厳選した妖しく恐ろしい名作。恋に破れた男の妄執を描く「蟲」。四肢を失った軍人と妻の関係を描く「芋虫」他全9編。（解題／新保博久・解説／辻村深月）
え-15-3

**この春、とうに死んでるあなたを探して**
榎田ユウリ
妻と別れ仕事にも疲れた矢口は中学の同級生・小日向と再会する。舞い込んできたのは恩師の死をめぐる謎——事故死か自殺か。切なくも温かいラストが胸を打つ、大人の青春ミステリ。
え-17-1

**異人たちの館**
折原 一《いち》
樹海で失踪した息子の伝記の執筆を母親から依頼された売れない作家・島崎の周辺で次々に変事が。五つの文体で書き分けられた目くるめく謎のモザイク。著者畢生の傑作！（小池啓介）
お-26-17

**闇先案内人**（上下）
大沢在昌
「逃がし屋」葛原に下った指令は、「日本に潜入した隣国の重要人物を生きて故国へ帰せ」。工作員、公安が入り乱れ、陰謀と裏切りが渦巻く中、壮絶な死闘が始まった。（吉田伸子）
お-32-3

**心では重すぎる**（上下）
大沢在昌
失踪した人気漫画家の行方を追う探偵・佐久間公の前に、謎の女子高生が立ちはだかる。渋谷を舞台に描く、社会の闇を炙り出す著者渾身の傑作長篇。新装版にて登場。（福井晴敏）
お-32-12

（　）内は解説者。品切の節はご容赦下さい。

**恩田 陸**
**夏の名残りの薔薇**
沢渡三姉妹が山奥のホテルで毎秋、開催する豪華なパーティ。不穏な雰囲気の中、関係者の変死事件が起きる。犯人は誰なのか、そもそもこの事件は真実なのか幻なのか——。（杉江松恋）
お-42-2

**恩田 陸**
**木洩れ日に泳ぐ魚**
アパートの一室で語り合う男女。過去を懐かしむ二人の言葉に、意外な真実が混じり始める。初夏の風、大きな柱時計、あの男の背中。心理戦が冴える舞台型ミステリー。（鴻上尚史）
お-42-3

**大山誠一郎**
**赤い博物館**
警視庁付属犯罪資料館の美人館長・緋色冴子が部下の寺田聡と共に、過去の事件の遺留品や資料を元に難事件に挑む。超ハイレベルで予測不能なトリック駆使のミステリー！（飯城勇三）
お-68-2

**大山誠一郎**
**記憶の中の誘拐**
赤い博物館
赤い博物館こと犯罪資料館に勤める緋色冴子。殺人や誘拐などの過去の事件の遺留品や資料を元に、未解決の難事件に挑む!? シリーズ第二弾。文庫オリジナルで登場。（佳多山大地）
お-68-3

**垣根涼介**
**午前三時のルースター**
旅行代理店勤務の長瀬は、得意先の社長に孫のベトナム行きの付き添いを依頼される。少年の本当の目的は失踪した父親を探すことだった。サントリーミステリー大賞受賞作。（川端裕人）
か-30-1

**垣根涼介**
**ヒート アイランド**
渋谷のストリートギャング雅《みやび》の頭《ヘッド》、アキとカオルは仲間が持ち帰った大金に驚愕する。少年たちと裏金強奪のプロフェッショナルたちの息詰まる攻防を描いた傑作ミステリー。
か-30-2

**加藤 廣**
**信長の血脈**
信長の傅役・平手政秀自害の真の原因は？ 秀頼は淀殿の不倫で生まれた子？ 島原の乱の黒幕は？ 『信長の棺』のサイドストーリーともいうべき、スリリングな歴史ミステリー。
か-39-9

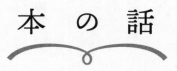